www.tredition.de

AF185003

Michael Johannes

Der Zauber von Lissabon

Ein Reisehandbuch voller Gefühle

www.tredition.de

© 2019 Michael Johannes

Verlag & Druck: tredition GmbH, Halenreie 40-44, 22359 Hamburg

ISBN
Paperback: 978-3-7497-7821-8
Hardcover: 978-3-7497-7822-5
e-Book: 978-3-7497-7823-2

Mein erstes Buch in gedruckter Form stellt etwas sehr Bedeutsames für mich dar, daher widme ich es auch einem sehr wichtigen Menschen:

Meiner Mutter.

Du hast es mir in jungen Jahren ermöglicht, zu reisen und den Zauber anderer Orte zu erfahren. Dafür bin ich dir immer dankbar.

Vorwort

Ein Besucher sieht eine Stadt anders als ein Einheimischer. Der Besucher hat seinen Alltag verlassen, er geht mit deutlich stärkerer Aufmerksamkeit für die Plätze, Wege und Gebäude durch die Straßen und interessiert sich für die Geschichte und die Kultur. Der Einheimische befindet sich in seinem Alltag, er steht im Stau auf dem Weg zur Arbeit oder eilt zu einem Termin oder nach Hause. Sein Interesse und seine Aufmerksamkeit gelten anderen Dingen.

In Lissabon scheint dies jedoch ein wenig anders zu sein. In der Innenstadt fließt der Verkehr zwar zäh, aber kontinuierlich. Viele Straßen sind Fußgängerzonen. Beliebte Lokale werden von Touristen und Einheimischen gleichermaßen besucht und selbst zur Hochsaison gibt es Orte, die unberührt vom Tourismus Ruhe und Beschaulichkeit bieten.

Lissabon ist daher anders, als viele andere beliebte Reiseziele. Das liegt sicher daran, dass Lissabons Stadtbild sehr jung ist. Nach dem Erbeben von 1755 wurden die meisten Teile der Stadt neu erbaut. Es liegt aber auch daran, dass dieses

Erdbeben das Denken der Menschen verändert hat und enorm zur Verbreitung des Humanismus beitrug. Der Zauber Lissabons ist geprägt von der Kultur der Kolonien und von der Weltoffenheit der Lissabonner.

Lissabons Geschichte mit ihren Höhen und Tiefen gleicht dem Leben eines jeden Menschen und macht die Stadt daher besonders sympathisch. Ihre lebhaften Stadtviertel, die Lage am Fluss, die vielen Hügel, die charaktervollen Einheimischen und die internationalen Besucher erzeugen eine ganz besondere Atmosphäre, einen Zauber, der nur in Lissabon zu spüren ist.

Die Geschichten dieses Buches mögen für den Besucher eine Anleitung sein, die Stadt intensiv kennenzulernen. Sie sollen aber vor allem den besonderen Zauber dieser wunderbaren Stadt beschreiben.

Dieses Buch widme ich meiner Mutter, die mir als jungem Schüler bereits das Reisen ermöglichte.

Lissabon, Dezember 2019

Unerwartete Verlobung

Christina meint, dass man mit Mitte dreißig noch keine Midlife-Crisis haben kann. Meist hat Christina recht mit dem, was sie sagt. Ich weiß das, weil wir seit zehn Jahren verheiratet sind und davor auch schon zwei Jahre ein Paar waren. Seit ein paar Wochen hat mich aber eine Melancholie gepackt, deren Ursprung ich nicht kenne. Ich sitze in meinem Büro und blase Trübsal.

Im Büro ist diese Woche besonders wenig los. Vielleicht liegt es daran, dass die Sommerferien begonnen haben. Auf jeden Fall rufen weniger Kunden als sonst im Call-Center an. Das lässt mir viel Zeit zum Nachdenken. Während ich auf Anrufe warte, die ohnehin nicht kommen, sehe ich aus dem Fenster auf die Straße. Dort laufen Passanten mit ihren Einkäufen vorüber, fahren hupende Autos und Straßenbahnen vorbei. Da ist auch ein Stadtführer, der mit seiner Gruppe vor dem Denkmal unseres Stadtgründers steht, immer wieder darauf deutet und dabei seinen Kunden irgendeine Geschichte erzählt.

Diese Szene – der blaue Himmel, die vielen Menschen, die auf ihrem Gleis ruckelnde Straßenbahn, der Stadtführer –, erinnert mich unweigerlich an einen längst vergangenen Sommer. Damals war ich mit Christina in Lissabon. Es war unser erster gemeinsamer Sommerausflug und wir waren frisch verliebt. Das muss nun tatsächlich schon über zwölf Jahre her sein.

Ich erinnere mich gerne an diesen Sommer. Lissabon haftet ein Zauber an, den ich nur schwer in Worte fassen kann. Diese Stadt vermochte es, mich vom ersten Augenblick an zu fesseln. Im Grunde gibt es dort alles, was es auch hier gibt, Straßen, Menschen, Autos, Straßenbahnen –, und doch ist alles ein bisschen anders, verführerischer, magischer. Es ist warm, aber gleichzeitig spürt man die kühle Atlantikbrise auf der Haut. Die Straßen sind voll von Straßenkünstlern und -musikern. Die Häuser sind bunt und mit traditionellen Kacheln geschmückt, wie man sie nur in Portugal findet. Die Speisen haben das volle Aroma der Mittelmeerregion und der Wein schmeckt herb und süß zugleich. Oh, wie sehr wir die *Pastéis de Belém* geliebt haben!

Es verging kein Tag, ohne dass wir solche Blätterteig-

Törtchen gegessen hätten. Sie sind einfach himmlisch!

Lange waren wir damals nicht in Lissabon. Fünf Tage und fünf Nächte. Wir landeten gegen acht Uhr morgens auf dem Flughafen Lissabon-Portela.

Es überraschte uns, dass sich der Flughafen so nah am Stadtzentrum befand. Wir traten aus dem Flughafengebäude hinaus und gingen direkt in die U-Bahn-Station hinein, fuhren nur etwas mehr als eine halbe Stunde und waren schon mitten in der Altstadt, an der Station *Baixa Chiado*.

Da wir den Fluss Tejo von dort aus schon sehen konnten, entschlossen wir uns kurzerhand, ihm einen Besuch abzustatten. Wir stießen unerwartet auf den berühmten Platz *Praça do Comércio*, wo die vielen netten Cafés sowie der wunderschöne Triumphbogen *Arco da Rua Augusta* zu finden sind. Wir setzten uns ans Wasser und ließen unseren Gedanken freien Lauf. Es war nicht einfach, sich wieder aufzuraffen, weil es derart schön war, den vorbeituckernden Fähren und den Möwen beim Fliegen zuzusehen, aber was sein musste, musste sein, also machten wir uns auf die Suche nach unserer Unterkunft.

Unser Zimmer befand sich unweit dieses Platzes auf Lissabons schönster Flaniermeile, der *Rua Augusta*. Diese Straße schien mit ihren Geschäften, Bäckereien und Restaurants einem Märchen entnommen zu sein. Die Auslagen in den Schaufenstern sahen überaus appetitlich aus und luden zum Probieren und Genießen ein. Es war schwer, an ihnen vorbeizugehen und dieser Einladung nicht nachzukommen.

In unserem Hotel wurden wir sehr freundlich begrüßt. Dort merkten wir zum ersten Mal, was wir noch häufiger feststellen würden, nämlich dass es in Portugal eine sehr sympathische Art der Gemächlichkeit gibt. Hektik haben wir während unseres gesamten Aufenthalts nicht zu spüren bekommen, nicht einmal im Straßenverkehr, in dem wir, wären wir selbst gefahren, wahrscheinlich sehr gestresst worden wären, aber das ist eine andere Geschichte.

Nachdem uns der freundliche ältere Herr also unser Zimmer gezeigt hatte, blieben wir nicht lange und gingen wieder nach draußen. Wir wollten unseren ersten Tag möglichst gut nutzen und wussten auch genau, was wir machen wollten. Glücklicherweise hatten wir uns schon vor der Reise auf einer

Internetseite gründlich über die vielen Attraktionen der Stadt schlau gemacht. Auf jeden Fall hatten wir jeden Tag gut durchgeplant, da wir sonst aufgrund der vielen schönen und sehenswerten Orte Lissabons verloren gewesen wären. Am ersten Tag war eine Fahrt mit der historischen Straßenbahnlinie 28 geplant, also schnappten wir das Nötigste – Schlüssel, Fotoapparat und Geld – und stürmten wieder die Straßen.

Die nächste Haltestelle der Straßenbahn Nummer 28 war nicht weit weg, so wie nichts in Lissabon weit weg ist. Uns wurde schnell klar, dass die portugiesische Hauptstadt keine große Stadt ist, es aber dennoch sehr viel zu sehen gibt. Da das Stadtzentrum von Hügeln eingefasst wird, hatten wir ein fast schon kuscheliges und definitiv ein behütetes Gefühl während unseres Aufenthaltes. Das macht auch einen Teil des großen Charmes der Stadt aus. Auf der einen Seite ist sie klein, intim und hügelig, und auf der anderen Seite gibt es das offene und grenzenlos erscheinende Meer.

Aus irgendeinem belanglosen Grund hatten Christina und ich sich auf dem Weg zur Straßenbahn gezankt. Was genau los war, daran kann ich mich nicht mehr erinnern, aber ich weiß noch genau, dass die Stimmung plötzlich eisig war. Wir kannten uns ja noch nicht so lange und es war unser erster gemeinsamer Urlaub. Ich war überfordert mit der Situation und wusste nicht, was ich sagen sollte, also blieb ich still. Auch Christina verlor kein Wort mehr und so schwiegen wir uns an, stiegen aber dennoch in die Straßenbahn der Linie 28 und fuhren mit ihr herum – erst zu einer Endstation, dann von dort zur anderen und wieder zurück zu unserer Haltestelle.

Wahrscheinlich war dieser Ausflug das Beste, was wir in dieser Situation hatten tun können, zum einen wegen der schönen Gebäude und außergewöhnlichen Sehenswürdigkeiten, an denen wir vorbeifuhren und die unsere Aufmerksamkeit forderten. Zum anderen war an einer Station ein Guide mit einer kleinen Gruppe eingestiegen, die sich rund um uns setzte. Er erzählte so spannend und unterhaltsam von der Geschichte Lissabons und besonders von dem schlimmen Erdbeben von 1755, dass wir völlig von unserem Streit abgelenkt wurden. Als der Guide zum Ende der Schilderungen des Erdbebens kam, sah er uns an und es schien, als würde er die letzten Worte direkt an uns richten:

„In Sekunden haben Menschen nicht nur Hab und Gut verloren, sondern auch ihre Liebsten. Denken wir daher immer daran, was wir an unseren Lieben haben." Dann forderte er die Gruppe auf, bei der nächsten Station auszusteigen.

Beide hatten wir Gänsehaut bekommen. Und während wir uns am Anfang der Fahrt noch angeschwiegen hatten und sauer auf einander gewesen waren, saßen wir nun in inniger Umarmung auf einer der hinteren Bänke der Bahn und staunten, an was für einem magischen Ort wir gelandet waren. *GranTours Portugal* hatte ich auf dem Hemd des Guides gelesen, als er uns den Rücken zudrehte. Das wollte ich in jedem Fall googeln.

Ab dieser besonderen Begegnung machte die Fahrt mit der Bahn so richtig Spaß. Für die paar Euro, die man dafür bezahlt, bekommt man einen grandiosen Gegenwert. Die *Eléctricos de Lisboa* mit der Nummer 28 fahren tatsächlich durch beinahe sämtliche sehenswerte Gegenden der Stadt. Manchmal wird man ganz schön durchgerüttelt, aber das tut dem Abenteuer keinen Abbruch. Die Bahn besteht immer nur aus einem Wagen, sonst würde sie die steilen Hügel nicht hinaufkommen. Es ist überhaupt erstaunlich, wie sie es schafft, die steilen Straßen hochzufahren.

„Na, Hauptsache, es geht", meinte Christina, so wie sie es bei vielen Dingen sagt. Während ich genau wissen will, wie etwas funktioniert, genügt es ihr, dass es funktioniert. Sie ist da eher praktisch veranlagt. Mir wird gerade wieder einmal bewusst, dass ich sie genau deshalb liebe und wie sehr ich sie liebe.

Wir fuhren also durch Lissabon. Mal waren mehr Passagiere an Bord unserer Tram Nummer 28, mal weniger. Im Viertel *Estrela* hielten wir vor der *Basilika da Estrela*, einer barocken Kirche. In der Nähe befindet sich auch der wunderschöne Park *Jardim da Estrela*, in dem wir an einem anderen Tag spazieren gingen. Ein Stückchen weiter gelangt man in das Viertel *Sao Bento*, wo die Nummer 28 am portugiesischen Parlament vorbeifährt. Normalerweise kommen Touristen nicht in dieses Viertel, weil es deutlich spannendere gibt, aber genau das war das Tolle an unserer Straßenbahnfahrt: Wir haben quasi die ganze Stadt in einem „Ritt" gesehen. Im *Bairro Alto*, einem sehr lebendigen Viertel, befinden sich die besonders steilen Straßen und wir hörten von einem anderen

Fahrgast, dass es in dieser Gegend abends besonders lustig zugehen soll.

„Wow, so viele schöne Plätze! So magisch!", sagte Christina. Und sie hatte recht. Wir fuhren an der *Praça do Comércio* und den *Portas do Sol* vorbei, unweit der Altstadt und des beliebten Lissabonner Schlosses. Als wir wieder an unserer Haltestelle ausstiegen, gingen wir zu Fuß weiter, flanierten an der Promenade entlang und ließen uns von der frischen Luft erst in und dann durch die Seitenstraßen treiben. Wir sahen eine multikulturelle Bevölkerung, lebensfrohe Menschen, natürlich auch viele Touristen unserer Art und fühlten uns pudelwohl.

Vom vielen Spazieren hungrig kehrten wir in ein Restaurant mit traditionellem portugiesischem Essen ein. Christina und ich hatten nun endlich die Möglichkeit, ein wenig zur Ruhe zu kommen. Für einen Tag hatten wir schon ziemlich viel erlebt. Wir gönnten uns die Ruhe, aßen Kabeljau mit leckeren gebackenen Kartoffeln und Salat, tranken *Vinho Verde*, den perlenden Weißwein, dazu und ließen unsere Seelen baumeln. So ließ es sich aushalten. Drinnen gab es gutes Essen und uns, draußen spazierten die Menschen auf dem Kopfsteinpflaster ihren nächsten Abenteuern entgegen.

Plötzlich stieß Christina mich an: „Schau, da ist unser Guide aus der Tram." Tatsächlich stand der Fremdenführer vor seiner Gruppe auf der *Praça Luís de Camões* unter dem Denkmal des berühmten Schriftstellers, sprach zur Gruppe und deutete mit seinen Händen immer wieder Richtung Denkmal. „Mich würde echt interessieren, was er gerade erzählt, sicher gibt es da etwas Spannendes zu erfahren", meinte Christina und beobachtete weiter die Gruppe draußen auf dem Platz.

Dann drehte sie sich zu mir und fragte: „Hattest du vorhin in der Straßenbahn nicht auch den Eindruck, dass der Guide uns direkt angesprochen hat? Ich habe eine richtige Gänsehaut bekommen, als er uns so anschaute." – „Ja, mir ging es genauso", bestätigte ich und sah auf meinen linken Arm. Christina hatte ihre Hand unter meinen Handballen geschoben, eine besonders zärtliche Geste, mit der sie Geborgenheit suchte. Ich umfasste ihre Hand mit meiner. Wir fühlten beide die innige Verbindung. Sie sah mir nun direkt in die Augen und sagte: „Ich möchte Dich nie verlieren."

Noch heute durchströmt mich bei der Erinnerung an diesen Moment ein besonderer Schauer. Damals war ich so ergriffen, dass ich nur nicken konnte. „Ich liebe dich sehr und werde immer bei dir bleiben", hörte ich mich wie aus der Ferne sagen und drückte ihre kleine Hand noch fester. Ich muss dabei meine Augen geschlossen haben, denn nun spürte ich plötzlich ihre Lippen auf meinem Mund und hörte ihr helles Lachen: „Dann sind wir nun verlobt", verkündete Christina mit ihrem reizendsten Lächeln und gab mir einen weiteren Kuss. „Das müssen wir feiern."

Sie war aufgesprungen und Richtung Theke unterwegs, als sie es sich anders überlegte, sich Richtung Ausgang wandte und mir zurief: „Bestell du den Sekt, ich gehe zu dem Guide und frage, wie wir seine Tour buchen können. Das wird mein Verlobungsgeschenk an dich." Und fröhlich vor sich hin trällernd ergänzte sie: „Und an mich", und schon war sie zur Tür hinaus. Schnurstracks lief sie auf die Gruppe zu, wartete kurz, bis der Guide eine Sprechpause machte und sprach ihn dann unvermittelt an. Offensichtlich mochte der Guide es nicht, vor seiner Gruppe und in seinem Vortrag gestört zu werden, denn zunächst verzog er das Gesicht, aber Christinas

Lachen und ihre Schönheit zeigten offensichtlich auch diesmal ihre Wirkung. Er kramte in seiner Umhängetasche und zog einen Prospekt heraus, den er, nun auch freundlich lächelnd, Christina übergab.

Sie war schon auf dem Rückweg, als ich mich von ihrem Anblick losreißen konnte und wieder zu mir kam. Mir fiel der Sekt ein, den ich bestellen sollte. Ich winkte also heftig der Bedienung und rief: „Two sparkling wines, please", was jedoch nicht die erhoffte Wirkung hatte. Die Kellnerin näherte sich mit einem verständnislosen Que? und stand nun direkt vor mir. „Sparkling wine", wiederholte ich zögerlich und hob zwei Finger. Aber offensichtlich sprach die junge Dame kein Englisch. Da Christina aber schon fast wieder im Restaurant war, fiel mir in der Kürze der Zeit nur das Wort Champagne ein. Das wissende Lächeln im Gesicht der Kellnerin zeigte mir, dass sie damit etwas anfangen konnte und schon war sie auf dem Weg zur Theke.

Christina war wieder an unserem Tisch angekommen und verkündete freudig: „Morgen früh um 10 Uhr findet die nächste Führung von unserem Guide statt und es gibt noch freie Plätze. Hier im Prospekt steht eine E-Mail-Adresse. Da können wir uns anmelden."

Sie setzte sich, als die Kellnerin mit einer Flasche in einem Flaschenkühler und zwei Gläsern an unserem Tisch ankam. Als sie die Flasche aus dem Kühler nahm, wurde mir ein wenig mulmig, denn auf dem Etikett stand tatsächlich die Bezeichnung „Champagne" und ich wusste, dass echter Champagner sehr teuer ist. Ich wollte gerade der Kellnerin versuchen klar zu machen, dass wir nur zwei Gläser Sekt wollten, als Christina freudig erregt ausrief: „Echter Champagner, wow. Das hat Stil", und mich liebevoll küsste. Nun war ich gefangen zwischen der Magie dieses Momentes und meinen Bedenken bezüglich des Preises des Champagners. Ich entschied mich für den Moment. Ich protestierte also nicht, als die Kellnerin die Flasche öffnete und unsere Gläser füllte.

Christina hatte sich bereits eines der Gläser geschnappt und hielt es mir schräg entgegen. „Für immer", sagte sie, als ich mein Glas auch nahm und stieß mit mir an. „Ich liebe Dich", sagte sie und gab mir einen weiteren zärtlichen Kuss. Der Preis des Champagners war mir plötzlich völlig egal.

Nachdem wir fertig gegessen hatten, flanierten wir noch einmal zur *Praça do Comércio*, die sich direkt am Wasser befindet, den Triumphbogen *Arco da Rua Augusta* im Rücken. Dort sahen wir zu, wie die ersten Sterne an der Himmelsdecke auftauchten und waren uns einig, dass wir am liebsten hierher ziehen würden. Es war ein wunderbarer erster Urlaubstag, der uns unseren Alltag zu Hause vergessen ließ. Und wir waren nun offiziell verlobt.

Ring, ring. Das Klingeln meines Telefons, reißt mich aus meinen Tagträumen. „Guten Tag, wir bei *Telenet* kümmern uns um Ihre Sorgen. Wie kann ich Ihnen helfen?" Trotz des Versprechens kann ich dem Anliegen meines Kunden heute nicht so richtig folgen. Ich hänge meinen Erinnerungen nach, die mich die Gefühle dieses besonderen Tages wieder spüren lassen, die die Magie Lissabons und die wunderbaren Bilder in meinen Gedanken wachrufen.

Gerade habe ich die Seiten eines Reiseportals im Internet aufgerufen, denn für Christina und mich ist es wieder mal an der Zeit, Lissabon zu besuchen. Die Stadt kennt keine Midlife-Crisis.

Erinnerungen an die Jugendliebe

Letztes Jahr im Sommer ist mir etwas wirklich Außergewöhnliches passiert. Alles fing an, während ich am *Rossio* in Lissabon saß, einen Espresso in einem kleinen, bezaubernden Café trank und das lebhafte Treiben vor mir beobachtete.

Dass ich überhaupt dort saß, entsprach nicht meiner Art. Ich war zuvor noch nie alleine verreist. Es waren stets entweder meine Kinder oder mein Ex-Mann dabei gewesen, aber diesmal hatte ich aus einer spontanen Laune heraus beschlossen, mich solo ins Abenteuer zu stürzen. Die Tickets nach Portugal sowie das Hotelzimmer waren mit wenigen Klicks gebucht und da war ich nun.

Ich hatte absolut keine Ahnung von Lissabon, wusste nicht was es dort zu entdecken gab und warum ich überhaupt da war. Also setzte ich mich nach dem Einchecken im Hotel erst einmal in ein Café, streckte meine Beine aus und genoss meinen Kaffee.

Der *Rossio* beeindruckte mich sehr. Es ist der Hauptplatz der Stadt, nicht zuletzt deswegen, weil sich dort ein hübscher

Bahnhof und die Stationen zweier U-Bahn-Linien befinden. Besonders gut gefielen mir damals aber die beiden Springbrunnen aus Bronze und eine hoch auf einer Säule thronende Statue. Ach, und das Wichtigste, nämlich den Boden des Platzes, hätte ich beinahe vergessen zu erwähnen. Er weist ein Wellenmuster auf, das aus hellen und dunklen Steinen gelegt ist. Das sieht einfach herrlich aus. Aber wenn ich weiter so vom *Rossio* schwärme, komme ich gar nicht zu meiner Geschichte.

Ich saß also da, dachte an nichts Bestimmtes, überlegte nur kurz, ob es komisch sei, als Frau mittleren Alters alleine zu reisen. In diesem Moment ging ein Mann an mir vorbei. Er sah aus wie Markus, meine erste große Liebe, die ich seit Ewigkeiten nicht gesehen hatte.

Als er zu mir herübersah, versteckte ich mich schnell hinter der Getränkekarte. Wieso ich das tat, wusste ich nicht. Vielleicht hätte er mich ohnehin nicht erkannt. Immerhin war es mehr als zwanzig Jahre her, das wir uns das letzte Mal gesehen hatten. Damals war ich natürlich viel jünger, schlanker und, nun ja, einfach anders.

Er hat sich aber auch ganz schön verändert, dachte ich. Ich war mir nicht einmal hundertprozentig sicher, ob er es tatsächlich war, aber zu neunzig Prozent. Die Geheimratsecken waren neu und er war deutlich besser angezogen als früher, aber sonst passte alles zu meiner Erinnerung an ihn.

Ich war unentschlossen, wie ich mit der Situation umgehen sollte, aus einem Impuls heraus legte ich ein paar Euro auf den Tisch und machte mich auf, ihm zu folgen. Ich weiß nicht, was mich da ritt, denn solche Spielchen passen gar nicht zu mir. Anscheinend hatte mich die erfrischende Sommerluft Lissabons beflügelt, etwas Außergewöhnliches zu tun.

Ich setzte meine Sonnenbrille und meinen Sonnenhut auf und folgte Markus in sicherem Abstand, sodass er mich nicht sofort entdecken konnte, falls er sich umdrehte. Ich fühlte mich wie ein richtiger Privatdetektiv während einer Beschattung. Und wenn er stehenblieb und sich umsah, versteckte ich mich hinter einem Baum, setzte mich auf eine Bank neben einen Passanten und verdeckte mein Gesicht mit meinem Hut oder lauerte hinter einer Hausecke, bis er weiterging.

Ich folgte ihm durch die engen und dennoch sonnendurchfluteten Gässchen der Innenstadt bis zu den Markthallen beim Bahnhof *Cais do Sodre*, wo heute auch der beliebte *Time Out Markt* besucht werden kann. Dort ließ sich Markus ganz schön viel Zeit, um sich all die Stände und Waren anzusehen. Frische Blumen, Fisch und Fleisch, Obst und Gemüse, Wein und, und, und. Die Gemächlichkeit meines Beschattungssubjektes gab auch mir die Gelegenheit, mir den Markt genauer anzusehen. Es gab von allem nur das Beste. Das Highlight der Markthallen ist eindeutig das riesige Angebot an Essens- und Getränkeständen. Man kann sich so richtig schön den Bauch vollschlagen, mit Süßem, Frühstück, Mittagessen, Kaffee oder Bier. Es gibt wirklich für jeden Geschmack etwas.

Markus sah immer wieder auf die Uhr. Er wartete auf etwas und da er scheinbar noch Zeit hatte, holte er sich ein kleines Bier und setzte sich an einen der vielen Tische in der Mitte der Halle.

11 Uhr am Vormittag und schon ein Bier?, grübelte ich. *Wieso denn auch nicht? Immerhin ist Urlaub*, entschied ich und holte mir auch eins. Dann setzte ich mich ein paar Tische hinter ihm hin und beobachtete ihn weiter.

Markus hatte erst die Hälfte seines Bieres ausgetrunken, da sprang er auf und ging schnellen Schrittes zum Ausgang des Marktes. Ich schüttete schnell den Rest meines Bieres hinunter und folgte meiner ersten großen Liebe durch die Straßen Lissabons.

Während ich das erzähle, erscheint mir selbst verrückt, was mir da in meinem Urlaub passiert ist, aber es war nun mal so. Die Kulisse für mein Abenteuer hätte jedenfalls nicht passender sein können. Lissabon ist einfach eine bezaubernde Stadt.

Bald erfuhr ich, weshalb Markus immer wieder auf seine Uhr gesehen hatte. Er ging schnurstracks zum Bahnhof und stieg dort in einen Zug Richtung *Cascais*, einer unweit gelegenen Stadt, wie ich später herausfand. Ich wusste nicht so recht, ob ich ihm weiter folgen sollte, da mir nicht klar war, wohin dieser Kerl, den ich eine Ewigkeit nicht gesehen hatte, fahren würde. Aber die Urlaubsstimmung und das zuvor getrunkene Bier verliehen mir Mut, ich kaufte hektisch eine Fahrkarte und schaffte es gerade noch rechtzeitig durch die Schranken und in den Zug. *Puh, das war knapp!*

Nach nur drei Stationen stieg Markus wieder aus. Ich folgte ihm erleichtert. Ich hatte ja keine Ahnung, wohin der Zug fuhr und wollte trotz aller Abenteuerlust nicht sonst wo landen. Wie zuvor wahrte ich auch weiterhin einen vernünftigen Abstand zu meinem Beschattungssubjekt. Obwohl, sicher bin ich mir nicht, dass irgendetwas an diesem Tag vernünftig war.

An der Station stand *Belém*. Das ist ein eher ruhiges Viertel Lissabons, welches allerdings auch gerne von Touristen besucht wird und mit Attraktionen vollgepackt ist. Damals hatte ich von all dem keine Ahnung, aber ich folgte Markus auf seinem Trip durch die Straßen *Beléms*. Meine Stimmung hätte nicht besser sein können.

Er sah immer wieder auf sein Handy, auf dem er scheinbar Orte suchte, die er sich ansehen wollte. Das ersparte mir die Sucherei und ich konnte mich ganz entspannt führen lassen. So hatten wir das auch damals gemacht, als wir mit Anfang zwanzig einmal Krakau besucht hatten. Dort war auch er es gewesen, der all die Sehenswürdigkeiten herausgepickt hatte, und ich war ihm überallhin blind gefolgt. Es war eine tolle

Zeit gewesen, an die ich mich nun erinnert fühlte.

Vielleicht sollte ich ihn ansprechen?, fragte ich mich. Aber das traute ich mich nicht. *Vielleicht später.*

Wir kamen zu einem riesigen Gebäude. Ich vermutete, dass es aus der Gotik oder der Renaissance stammte. Vor einem fantasievoll gestalteten Portal mit sehr bewegten Schnörkeln, größeren und kleineren Figuren und vielen Bögen blieb Markus stehen. *Beeindruckend wie kunstvoll und reich so ein Eingang sein kann*, dachte ich mir gerade, als in unmittelbarer Nähe ein Guide seiner Gruppe erklärte, dass dies eine Mischung aus Gotik und Renaissance sei. Ich hatte also gar nicht so falsch gelegen. Da dieser Architekturstil König Manuel dem Ersten zugeschrieben würde, würde er auch als Manuelinik bezeichnet, erfuhr ich noch. Meine Augen konnten sich kaum an den vielen Motiven satt sehen. Es war das Hieronymitenkloster *Mosteiro dos Jerónimos*. Es war wirklich beeindruckend und wunderschön.

Unweit des Klosters befindet sich eine Bäckerei mit Café. Sie heißt *Pastéis de Belém*. Es ist die Wiege der gleichnamigen Blätterteigtörtchen mit Pudding, für die Portugal, und vor allem Lissabon, in der ganzen Welt berühmt ist. Wie hübsch die Bäckerei innen aussah, hat mich komplett umgehauen. Dort war es nicht einfach, Markus' Blicken aus dem Weg zu gehen, aber irgendwie habe ich es geschafft und gleichzeitig sogar zwei der Törtchen verputzt. Das musste einfach sein.

Zügig ging es weiter zu einem immensen Denkmal, das ein Segelschiff darstellte. Eine ganze Menge Figuren waren auf dem schräg geneigten Deck zu sehen. Die größte stand am Bug des steinernen Schiffes und schaute unbeirrt über den Fluss in die Ferne. Im Inneren des Denkmals gab es eine Bühne, einen Hörsaal und einen Ausstellungsraum und obendrauf noch eine Aussichtsplattform. Ich staunte über die monumentale Größe des Ganzen. Es war der *Padrão dos Descobrimentos*, das Denkmal der Entdeckungen.

Unweit des Denkmals kamen wir an einen großen Turm, der im Fluss steht. Auch dort stieg Markus auf die Aussichtsplattform. Es war die *Torre de Belém*, eines der berühmtesten Wahrzeichen Lissabons. Danach hätte ich mich gerne an den Fluss gesetzt, dessen Ufer zum Entspannen und aufs Wasser Hinausschauen einlud. Leider interessierte sich Markus nicht im Geringsten für eine Pause und ging zielstrebig alle Sehenswürdigkeiten ab, die er sich vorgenommen hatte. So war er schon immer gewesen. Nun gut, ich gebe zu, nachdem wir uns den Turm angesehen hatten, beruhigte sich Markus ein bisschen und ging nicht mehr ganz so schnell.

Ich war allerdings vom vielen Erkunden doch so müde geworden, dass ich mir überlegte, wieder meinen eigenen Weg zu gehen. Ich musste etwas essen, also beschloss ich Markus nur noch ein Stück zu verfolgen und bei passender Gelegenheit in ein Restaurant abzubiegen.

Ein paar Meter weiter hielt die Straßenbahn mit der Nummer 15, welche zurück zum Zentrum fuhr. Markus stieg ein und ich folgte ihm. Ich musste sowieso zurück und mittlerweile war es mir egal, ob er mich in der Straßenbahn sehen würde. Müdigkeit und Hunger lassen mich stets allem anderen gegenüber gleichgültig werden.

Die Fahrt mit der Tram dauerte länger als mit dem Zug, dafür sah man unterwegs noch ein paar weitere interessante Bauwerke von Nahem. Beispielsweise eine Brücke über den Fluss, die für mich genauso wie die *Golden Gate Bridge* in

San Francisco aussah. Hinter der Brücke war eine riesige Christus-Statue zu sehen, die auf einem noch riesigeren Sockel stand. Auch ein Anwesen mit rosa Mauern und Gebäuden sah ich. Vor einem Eingang standen Wachsoldaten. „Der Palast des Staatspräsidenten" raunte eine deutsche Touristin hinter mir ehrfurchtsvoll ihrem Mann zu. An der nächsten Kreuzung stand ein großes Betongebäude, ein starker Kontrast zu den übrigen Häusern in der Umgebung. „Das ist das nationale Kutschenmuseum", erklärte die Frau hinter mir ihrem Mann. Dank ihrer Kommentare erschlossen sich auch mir diese Sehenswürdigkeiten. Bewundernswert diese Mischung aus Tradition und Moderne, die ich auch beim Passieren des Orientmuseums bestaunen konnte, hier stand der Name erfreulicherweise direkt am Gebäude. Das wollte ich an einem der folgenden Tage unbedingt besuchen.

Ich war so in meine Beobachtungen vertieft, dass ich nicht mehr auf Markus achtete. Mir blieb fast das Herz stehen, als er sich plötzlich zu mir drehte und mir auf einmal gegenüberstand. Kurz darauf verfiel ich in schallendes Gelächter, als mir klar wurde, dass es gar nicht Markus war, sondern dass dieser Typ ihm nur sehr ähnlich sah. Es war ein völlig fremder Mann. Die Leute müssen mich für verrückt gehalten haben, aber mir war das egal. Ich hatte einen tollen Tag gehabt, ein Abenteuer erlebt. Ich zweifelte nicht mehr daran, dass es okay war, einen Tag planlos und unbeschwert zu verbringen. Welch ein schönes Gefühl, den Moment gelebt zu haben!

Literatur und Liebe

Wir standen in der Mitte des Platzes *Luís de Camões* in Lissabons Innenstadt. Mit *wir* meine ich mich und rund ein Dutzend anderer Touristen. Mein Reisepartner, bester Studienfreund und baldiger Arbeitskollege Max hatte keine Lust gehabt, sich Vorträge über portugiesische Schriftsteller und deren Leistungen anzuhören, also war ich alleine gegangen. Max war kein Kulturbanause, aber wir hatten unser Studium der Literaturwissenschaften erst ein halbes Jahr zuvor beendet und in wenigen Tagen würden wir bei einem Start-Up als Lektoren beginnen. Ja, sie hatten uns tatsächlich beide genommen. Was für ein Glück! Obwohl es mir nicht so ging, konnte ich verstehen, dass Max ein bisschen Abstand zu Wörtern, Autoren und Texten brauchte. Abgesehen davon, tat es uns ganz gut, auch mal keine Zeit miteinander zu verbringen.

Das Ticket für die Tour hatte ich kurz davor ganz spontan gebucht. Ich hatte gar nicht gewusst, dass es etwas derart Spannendes überhaupt gab, aber zum Glück stieß ich bei *Google* auf die Internetseite *grantoursportugal.com*, wo eine geführte Tour angeboten wurde, die sich vollkommen mit meinen Interessen deckte. Klar, ich konnte Lissabon auch auf eigene Faust in Angriff nehmen, aber diesmal hatte ich Lust auf Hintergrundinformationen, auf Details, auf das ganze Paket.

Immerhin war mir die portugiesische Kultur nicht ganz fremd. Ich wusste, wie viel dieses Land in kultureller, vor allem aber auch in literarischer Hinsicht zu bieten hatte. Einige Jahre zuvor, während meiner Studienzeit, hatte ich eine Kommilitonin aus Portugal, Maria, die ein Semester lang bei uns in Hamburg studierte. Wir hatten uns spitze verstanden und ich muss gestehen, dass ich ein bisschen in sie verknallt gewesen war. Wie hätte es auch anders sein können. Sie war wunderhübsch, klug und wusste eine Menge über Literatur.

Von ihr hatte ich auch das erste Mal von *Luís Vaz de Camões* gehört, nach dem der Platz benannt war, von dem aus wir unsere Tour starteten, und dessen Statue über ihm wachte. Der freundliche Führer erzählte uns auf Deutsch von den Leistungen dieses Nationaldichters, zum Beispiel von seinem Epos *Die Lusiaden*, das als eines der bedeutendsten Werke der Renaissance gilt. Natürlich kannte ich dieses Epos schon von Maria, die mir mehr als einmal davon vorgeschwärmt hatte. Ich glaubte, mich daran erinnern zu können, dass *de Camões* sogar ihr Lieblingsdichter war.

Nur ein Stückchen weiter, in der *Rua Garrett* Nummer 120, war ein weiterer Schriftsteller zu bestaunen. Dort saß *Fernando Pessoa* als Bronzestatue an einem kleinen Tischchen vor dem Café *A Brasileira*. Neben ihm war ein Stuhl frei, sodass sich jeder einmal zu ihm setzen und ein Foto mit ihm knipsen lassen konnte. Lebhaft erzählte unser Tourguide über *Pessoa*, der zu Beginn des zwanzigsten Jahrhunderts gewirkt hat und direkt hinter *de Camões* als zweitwichtigster Literat Portugals gehandelt wurde. Den Teilnehmern der Tour schien es jedoch wichtiger zu sein, ein Erinnerungsfoto mit dem Dichter und Schriftsteller zu ergattern. Sie hörten kaum zu.

Ich hatte mein Handy im Hotel vergessen, weshalb ich kein Foto machen lassen konnte, aber das bedauerte ich nicht. Während die anderen knipsten, unterhielt ich mich mit dem Führer, der mir weitere interessante Informationen über die literarische Geschichte Lissabons und Portugals zusteckte. Für einen Literatur-Nerd wie mich konnte es nichts Schöneres geben. So erfuhr ich auch ein weiteres interessantes Detail über *Pessoa*, nämlich dass er mehrere Heteronyme verwendet hat. Er hat also nicht nur Werke unter verschiedenen Namen veröffentlicht, sondern zu diesen Namen auch jeweils eine eigene Persönlichkeit und Biografie entwickelt. Das erinnerte mich sehr stark an den Titel eines Buches von *David Precht*: *Wer bin ich und wenn ja wie viele?* Bei *Pessoa* waren es offensichtlich mindestens vier Persönlichkeiten. Ich beschloss, mir nach der Führung ein Buch von ihm zu kaufen.

Der Guide hatte bereits auf ein Gebäude gezeigt, welches nur einen Katzensprung entfernt stand und in dem sich die älteste Buchhandlung der Welt befand. Ich war überrascht, wie viele kulturelle Details man bei so einer geführten Tour erfuhr. Alleine hätte ich die Statue, die Skulptur und die Buchhandlung vielleicht gesehen, aber ich hätte niemals erfahren, welch interessante Geschichten mit ihnen verbunden waren. Auf jeden Fall gibt es die *Livraria Bertrand* bereits seit 1732. Sie ist im Guinness-Buch der Rekorde verzeichnet und keineswegs angestaubt. Sie läuft nach wie vor bestens.

Ich fragte mich, ob Maria all diese interessanten Geschichten über ihre Heimatstadt kannte. Gerne hätte ich sie getroffen, aber wir hatten uns gänzlich aus den Augen verloren. Das passiert, wenn man keine sozialen Netzwerke nutzt. Ihre Telefonnummer hatte ich schon vor längerer Zeit mit einem meiner Handys verloren. Schade war das schon, weil wir in Lissabon sicher eine gute Zeit zusammen gehabt hätten. Ich konnte mich aber nicht lange selbst bemitleiden, denn schon ging es weiter.

Meine Gruppe lief durch die malerischen Gässchen Lissabons zu weiteren literarisch interessanten Orten. Unser Guide wurde nicht müde, uns von den vielen Autoren Portugals zu berichten. Normalerweise hätte ich diese Informationen aufgesaugt wie ein Schwamm, aber die Erinnerungen an Maria wollten mich nun nicht mehr loslassen, deshalb hatte ich Schwierigkeiten, mich weiter auf den Vortrag zu konzentrieren.

Irgendetwas in mir zog mich wieder zurück, zum ältesten Buchgeschäft der Welt. Ich wusste nicht, weshalb, aber wir hatten uns den Laden nur von außen angesehen und mich übermannte das starke Bedürfnis, ihn auch zu betreten. Also beschloss ich kurzerhand und eigentlich entgegen meiner Natur, mich heimlich von der Gruppe zu lösen, während wir zu einer der nächsten Sehenswürdigkeiten liefen. Das klappte problemlos, weil die Gruppe ohnehin nur Augen für die Schönheiten der Stadt hatte.

Vor der Bücherei griff ich mir an den Kopf und wunderte mich über mich selbst. Wieso hatte ich nur diese bezahlte Tour verlassen? Ich hätte sie bis zum Ende gehen und danach hierherkommen können. Das Geschäft hätte sich zwischenzeitlich doch nicht in Luft aufgelöst. Da ich schon mal da war, beschloss ich, mir das Buchgeschäft von innen anzusehen und mir, sollten sie eine Ausgabe in deutscher Sprache haben, ein Buch von *Pessoa* zu kaufen. Der Tourguide hatte mir Lust auf diesen Autor gemacht, von dem ich vorher nur durch Maria einmal gehört hatte.

Während ich im Buchgeschäft *Livraria Bertrand* stöberte, fand ich tatsächlich ein paar deutsche Exemplare von *Pessoas* Büchern und hatte nun die Qual der Wahl. Welches davon sollte ich lesen? Von meiner absoluten Ahnungslosigkeit getrieben sprach ich eine junge Frau an, die neben mir in Pessoas Werken in portugiesischer Sprache stöberte. Ich sah sie an, sie mich – es war Maria!

Wir kamen sofort ins Gespräch. Ich erzählte ihr von meiner bisherigen Reise, von der Stadttour, von meinem Vorhaben ein Buch *Pessoas* zu kaufen und meiner großen Freude, dass ich sie getroffen hatte. Sie umarmte mich und freute sich ebenfalls sichtlich, mich zu sehen. Sie war so, wie ich sie in Erinnerung hatte, voller Leben, Tatendrang und positiver Energie. Schließlich erstand ich das Buch, welches auch sie sich kaufte, und zwar *Das Buch der Unruhe des Hilfsbuchhalters Bernardo Soares*.

Ich hatte Glück, denn Maria hatte an diesem Tag noch nicht viel vor. Erst am Abend würde ihre Schicht als Rezeptionistin in einem Hotel beginnen. Da ich nur noch wenige Tage hier sein würde, beschlossen wir, diesen Tag miteinander zu verbringen. So wie ich es mir zuvor vorgestellt hatte, war es nun passiert. Es fühlte sich wie ein Wunder an. Vielleicht war es aber auch Vorbestimmung. Ich glaube sehr daran. Irgendwo im Universum wurde der Impuls ausgelöst, die Führung zu verlassen und in die Buchhandlung zu gehen. Wie auch immer, ich hatte Maria wiedergefunden.

Maria war richtig aufgeregt und wollte mir unbedingt ihre Welt zeigen. Sie zog mich in das Stadtviertel, in dem sie wohnte. „Es ist die schönste Gegend der ganzen Stadt", sagte sie und sprach von *Mouraria*. Es handelte sich um das ehemalige Viertel für die im Mittelalter in Portugal und Spanien lebende maurische Bevölkerung. Ich erfuhr auch, dass aktuell mehr als siebzig Kulturen gemeinsam friedlich in *Mouraria* lebten. Es war tatsächlich ein sehr schönes Viertel, welches aufgrund seiner maurischen Geschichte sehr arabisch aussah. Mir fiel auf, dass die Häuser in dieser Gegend ein wenig unter dem Verfall litten, aber Maria erzählte, dass es zahlreiche Eigeninitiativen der Anwohner gäbe, dem entgegenzuwirken.

„Da die Stadt nicht investieren will oder kann, nehmen das die Leute hier selbst in die Hand", sagte sie. „Deshalb ist es auch so hip hier! Ist es doch, nicht wahr?" Ich pflichtete Maria bei. Dieses Viertel pulsierte tatsächlich und es war deutlich unberührter, nicht so touristisch, wie zum Beispiel das Zentrum der Stadt. „Und am Abend geht es hier richtig *ab*, wie man in Deutschland sagt. Ganz viele junge und alte Menschen kommen her und hören Musik, trinken Bier, tanzen und solche Sachen", berichtete Maria, die stolz auf ihr Viertel war.

Nach einem ausführlichen Spaziergang in *Mouraria* lud mich Maria noch zu sich nach Hause ein. Sie lebte mit ihrer Großmutter in einer kleinen, charmanten Zwei-Zimmer-Wohnung, die sich in einem Haus befand, das außen die für Portugal typischen farbigen Kacheln trug. Von Marias Großmutter bekamen wir einen Sauerkirschlikör spendiert, den auch sie sich zur Nachmittagszeit gönnte. Und, was soll ich sagen, als ihre Großmutter in der Küche herumhantierte und uns ein paar Häppchen zubereitete, schnappte sich Maria tatsächlich mein Gesicht, zog es an sich und drückte mir einen Kuss auf die Lippen. Ich fiel aus allen Wolken. Anscheinend war nicht nur ich verknallt in sie gewesen, damals, während ihres Erasmus-Semesters in Hamburg.

Verloren im Alfama-Viertel

Anfang dieses Sommers waren meine geliebte Frau und ich endlich in Lissabon und gönnten uns gleich eine ganze Woche in der Stadt am Tejo. Wir wollten unseren vierzigsten Hochzeitstag feiern und ein Vorhaben wieder aufnehmen, welches wir als junges Paar begonnen hatten, nämlich alle Hauptstädte Europas zu besuchen und sie so kennenzulernen, dass wir das Leben der Einheimischen zumindest ein wenig selbst erfuhren.

Wir hatten schon lange keine Städtereise mehr unternommen. Mit unseren Kindern waren wir mit dem Auto nach Holland, Belgien oder Frankreich gereist, was von unserem schönen Köln nicht weit weg war. Als unsere Töchter dann aus dem Haus waren, waren wir die Fernziele angegangen und hatten Bali, Indien, China und die USA besucht.

Jetzt, mit Anfang sechzig, waren wir beide der Meinung, dass es Zeit wäre, das Vorhaben aus der Anfangszeit unserer Beziehung fortzusetzen. Uns fehlten nur noch Athen, Riga und Lissabon auf unserer Liste. Wir waren schon einmal auf einer der griechischen Inseln, aber noch nie in Portugal gewesen, und so fiel unsere Wahl auf Lissabon. Da wir schon sehr viel Gutes über die Stadt gehört und gelesen hatten, wollten wir dort auch unseren 40. Hochzeitstag feiern.

Und was soll ich sagen, es ist eine wirklich sehr erlebnisreiche Reise geworden! Besonders der Tag vor unserer Rückreise wird uns immer in Erinnerung bleiben. Wir hatten schon sehr viel von Lissabon gesehen, waren mit den Linien 25 und 28 der historischen Straßenbahn durch heimelige Stadtviertel gefahren, hatten an einer geführten Tour durch die Altstadt und nach *Belém* teilgenommen, waren über die *Brücke des 25. April* zur Christus-Statue gefahren und einen Tag nach *Sintra*, dem Ort mit sicherlich den meisten Palästen in Europa. Unsere Begcisterung für Lissabon und Portugal wuchs mit jedem Tag unseres Aufenthaltes.

Der vorletzte Tag unserer Reise war gekommen und wir saßen in unserem Hotel beim Frühstück. Unsere Unterkunft lag direkt im Zentrum der Stadt, an der *Rua Augusta*. Wir hatten den Stadtplan von Lissabon aufgeschlagen vor uns liegen. An diesem Tag wollten wir nämlich das berühmte und nicht weit entfernt liegende Viertel *Alfama* erkunden. Also sahen wir uns die Wege während des Frühstücks genauer an, zeichneten sie mit den Fingern nach und beschlossen, die *Alfama* „von unten", sprich von Süden, zu betreten und uns unseren Weg erst in Richtung Osten und dann in Richtung Norden zu bahnen. Wir wussten ja schon, dass Lissabon eine besonders hügelige Stadt ist und *Alfama* eines der hügeligsten Viertel, weshalb wir vorsorgten. Nach dem Frühstück zogen wir uns gutes Schuhwerk und luftdurchlässige Kleidung an. Wir nahmen nur das Notwendigste mit, und zwar ein bisschen Geld, einen Fotoapparat, Sonnenmilch und gute Laune. Alles andere blieb im Hotel.

Während unseres kurzen Spaziergangs durch die Altstadt nach *Alfama*, erzählte mir meine Frau, die deutlich mehr als ich über Lissabon gelesen hatte, interessante Anekdoten über das Viertel, das wir besuchen wollten. Es ist ein besonders verwinkelter Stadtteil, der sich nur wenige Gehminuten vom touristischen Mittelpunkt der Stadt, dem prachtvollen Triumphbogen *Arco da Rua Augusta* befindet. Der gesamte Stadtteil ist auf einem Hügel erbaut. Es geht auf und ab. Es gibt viele schmale Gässchen und Treppen ohne Ende. Bevor wir dort waren, stellte sich meine Frau *Alfama* wie eine dieser

Grafiken von M. C. Escher vor, die einen durch ihre unmögliche Perspektive verwirren. Ganz so schlimm war *Alfama* dann doch nicht – aber beinahe!

Während wir über die *Rua da Alfândega* nach *Alfama* hineingingen, erschien vor uns plötzlich wie aus dem Nichts die Kirche *Nossa Senhora da Conceição Velha*. Vollkommen eingebettet in den Straßenzug und nahezu eins mit den umliegenden Häusern ragt die prächtige Fassade im Stile der Manuelinik doch soweit aus der Häuserzeile heraus, dass das Portal sichtbar ist.

Wir rieben uns die Augen. König Manuel, nachdem dieser Stil benannt ist, musste ein fantasievoller und künstlerisch begabter Mensch gewesen sein. Der Stil scheint eine Übertreibung der Renaissance zu sein und das Auge braucht sehr lange, bis es die vielen kleinen Preziosen auseinanderhalten kann. Dann zeigt sich aber ein Reichtum an Formen und Figuren, der unsere Aufmerksamkeit lange fesselte.

Wir konnten uns kaum von dem Anblick lösen. Beim Weitergehen erklärte meine Frau mir, dass dieser Stadtteil zur

Zeit der Mauren als Stadtmittelpunkt fungiert habe und diese Kirche damals eine der Hauptkirchen in der Altstadt war. Mit der Zeit zogen dann die wohlhabenden Bürger weiter in den Westen der Stadt und *Alfama* verkam zum Rotlichtviertel. Eine lange Zeit über wohnten hier vor allem Prostituierte, Kleinkriminelle und Arme.

Wir spazierten immer tiefer in das Viertel hinein, das nicht im Geringsten an seine Rotlicht-Vergangenheit erinnert. Es gibt dort vor allem Cafés, Restaurants und schöne Straßen, die zum Flanieren einladen. Wir passierten erst die Kathedrale von Lissabon, *Sé de Lisboa*, dann ging es weiter durch kleine, verwinkelte Gässchen bis zum östlichsten Zipfel des Viertels, zum *Largo do Chafariz de Dentro* Nummer eins, der Adresse des *Museo do Fado*. Spontan entschlossen wir uns dazu, es zu besuchen und lernten, dass der *Fado* ein trauriger, sehnsuchts- und gefühlvoller portugiesischer Musikstil ist, der seinen Ursprung in Alfama hat und nach wie vor im ganzen Land sehr populär ist.

Im Museum erzählten sie uns auch, dass es im ganzen Stadtteil zahlreiche Restaurants und Bars gäbe, in denen man jeden Abend *Fado* hören könne, zum Beispiel im *Clube de*

Fado oder in der *Casa de Linhares*. Wir hätten gerne eines dieser Etablissements besucht, wussten aber nicht, ob wir es vor unserer Abreise am nächsten Tag schaffen würden. Vielleicht mussten wir einfach noch einmal nach Lissabon zurückkommen, wenn wir auch Athen und Riga gesehen hatten. Erst einmal machten wir uns auf den Weg Richtung *Alfamas* Norden.

Da ging das Kraxeln los. Bisher hatten wir uns im eher flachen Teil aufgehalten. Jetzt ging es hinauf. Mühsam war das schon, aber was wir unterwegs sahen, war wunderschön. Meine Frau erzählte mir, dass die Straßen und Gebäude dieses Stadtteils besonders alt und eigen aussahen, weil sie als einzige vom großen Erdbeben im Jahr 1755 verschont geblieben waren. Den Rest der Stadt hatte es schwer erwischt. Des Weiteren berichtete sie, dass dieser Umstand die Geschichte ganz Europas beeinflusst hatte, da die Menschen ihren Glauben an die Lehren der Kirche verloren. Besonders ausschlaggebend war, dass viele Gläubige an diesem Tag, es war Allerheiligen, während der Gottesdienste ums Leben kamen. Dieses Ereignis und seine Folgen können nachgewiesenermaßen als einer der vielen Gründe für die spätere französische Revolution genannt werden.

Ich war baff und mächtig stolz auf meine Frau, weil sie so klug war und mir so viel Interessantes über Lissabon erzählen konnte. Sie ist eine klasse Frau und mir wurde während dieses Spazierganges wieder mal bewusst, wofür ich sie liebte und warum ich sie geheiratet hatte.

Dann passierte uns ein Malheur. Wir suchten gerade die *Calçada da Amália* als wir feststellten, dass wir uns verirrt hatten. Bis zu diesem Punkt waren wir unseren zuvor im Hotel vorbereiteten Weg genau abgelaufen und hatten Sehenswürdigkeit nach Sehenswürdigkeit gefunden. Jetzt standen wir an einer Kreuzung, von der aus drei Gässchen sowie zwei Treppen wegführten.

„Diese Treppe müssen wir rauf, ganz sicher, und dann gleich ums Eck. Siehst du!", war sich meine Frau sicher.

„Nein, ich habe es noch genau im Kopf. Hier, diesen Weg müssen wir gehen. Am Ende der Straße ist es dann", entgegnete ich.

Wir sahen auf der Karte nach, aber wir fanden unseren Standort nicht, also ging meine Frau die paar Stufen nach oben zum nächsten Seitengässchen und ich lief, in den Stadtplan vertieft, den Weg entlang, den ich für den richtigen hielt. Dabei entdeckte ich eine weitere Seitengasse, in die ich ging, weil ich mir sicher war, dass sie zu meiner Frau führen würde und wir uns gleich wieder begegnen würden. Fehlanzeige. Als ich merkte, dass mein Weg nicht zu ihrem führte, lief ich zurück an die Kreuzung, an der wir uns getrennt hatten. Da war sie aber nicht, also ging ich dorthin, wohin sie verschwunden war. Aber da fand ich sie auch nicht.

Ich wollte sie schon anrufen, da fiel mir ein, dass wir ja unsere Handys im Hotel gelassen hatten, um möglichst wenig Gepäck dabei zu haben und so leichter den Hügel hinauf zu gelangen. Also blieb mir nichts anderes übrig, als meine Frau auf die altbewährte Art wiederzufinden, nämlich den Ort aufzusuchen, wo wir ursprünglich hinwollten. Ich machte mich auf, sprach Passanten an, fragte wahrscheinlich mit fürchterlichem Akzent nach der *Calçada da Amália* und bekam freundliche Gesten, Fingerzeige und Worte, die ich nicht verstand, zurück.

Wie mir meine Frau im Nachhinein erzählte, hatte sie den gleichen Gedanken wie ich. Sie fragte sich ebenfalls durch das Viertel und lernte genauso wie ich ausnahmslos freundliche Anwohner kennen, die bemüht waren, ihr zu helfen. Besonders witzig war, dass wir beide von fremden Helfern zu einem Sauerkirschlikör eingeladen wurden, den wir beide dankend annahmen. Vielleicht ist das so ein Brauch in Lissabon, dass man verlorengegangenen Touristen einen Sauerkirschlikör anbietet. Wir empfanden das jedenfalls als eine sehr nette Geste.

Was uns auch beiden auffiel, waren die bescheidenen Lebensverhältnisse, die nach wie vor in *Alfama* vorherrschen. Die Wohnungen, die wir durch die offenstehenden Fenster sahen, waren winzig. Die Kleider werden zum Trocknen auf zwischen den Häusern gespannte Schnüre gehängt. Einmal hörte ich sogar eine Frau, die ein sehr traurig klingendes Lied sang. Ich war mir sicher, dass es sich um eine *Fado*-Sängerin handelte, die für einen ihrer Auftritte probte. Meine Frau beteuerte mir später, dass auch sie eine Sängerin gehört hatte, und wir vermuteten, dass es dieselbe gewesen war.

Ich wusste zwar, dass meine Frau taff und ein Überlebenstalent war, dennoch war ich besorgt um sie. Man kann ja nie wissen. Also versuchte ich nicht zu lange Zeit bei den freundlichen Anwohnern zu verbringen, was schwer fiel, da wir uns auch ohne eine gemeinsame Sprache gut verstanden.

Schließlich traf ich auf eine geführte Touristengruppe, die Deutsch sprach. Als der Guide fertig war mit dem Erklären, sprach ich ihn an und fragte ihn, ob er mir den Weg weisen könnte. Welch ein Glücksfall, dort wollte die Gruppe ebenfalls hin, um gegenüber der *Calçada da Amália* Rast in einem malerischen Lokal zu machen. Da ich ohnehin warten musste, bis meine Frau nachkam, entschied ich, mich der Gruppe anzuschließen und in ihrer Gesellschaft ein Glas Wein zu trinken. Während wir bestellten traute ich meinen Augen kaum. An einem der Tische saß bereits meine Frau, fröhlich lachend, ebenfalls mit einem Glas Wein in der Hand. Sie unterhielt sich mit einer Frau, die wie eine Bewohnerin *Alfamas* aussah. Die beiden hatten eine kleine Platte mit Schinken, Salami, Käse und Oliven vor sich und waren offensichtlich sehr vergnügt.

Als meine Frau mich erblickte, war ihr ihre Erleichterung anzusehen. Sie winkte mir heftig zu und bedeutete mir, mich neben sie zu setzen. Ich war sehr froh, sie wieder zu sehen und drückte ihr einen Kuss auf die Wange. Sie stellte mir Susana vor, die tatsächlich hier zu Hause war. Sie sprach hervorragend Deutsch und kannte sogar unsere Heimatstadt Köln, wo sie in den 1970er-Jahren bei Ford gearbeitet hatte. Sie hatte meine Frau zu diesem Lokal geführt und die beiden hatten sich auf Anhieb blendend verstanden.

Susana war sehr aufgeregt und fragte nach Orten, Plätzen und Straßen in Köln. Wir waren froh, über unsere Heimat sprechen zu können und selbst Fragen zum Leben in Lissabon beantwortet zu bekommen. Die Zeit verging wie im Flug. Nach mehreren Gläsern des herrlich frischen Vinho Verde traten wir glückselig den Weg zu unserem Hotel an. Wir fühlten uns nun eins mit der Stadt Lissabon und hatten eine neue Freundin gefunden. Was für ein großartiger Abschluss unseres Aufenthaltes!

Eine gemeinsame Bestimmung

Mit meinen 32 Jahren und bei meinem ewigen Singleleben in Berlin habe ich schon beinahe die Hoffnung verloren, dass ich einmal die richtige Freundin finde. Es ist gar nicht so einfach, in einer derart großen Stadt einen Partner zu finden, der wirklich gut zu einem passt. Abgesehen davon sind wir Millennials sehr wählerisch und wollen uns immer alle Optionen offenhalten. Mir kommt es so vor, als ob jeder vor allem möglichst viel Spaß haben wolle und ja nicht zu früh heiraten und Kinder bekommen. Dann müsste man sich ja entscheiden und Verantwortung übernehmen.

Aber was rede ich da. Das hat gar nichts mit der Geschichte zu tun, die ich erzählen wollte. Oder doch? Ich hatte nämlich festgestellt, dass ich mir als Mann mit Anfang dreißig jemanden wünschte, mit dem ich mein Leben teilen konnte, und zwar in wahrer Liebe, dauerhaft, für immer und ewig. Solche Vorstellungen hatte ich. In den letzten Wochen ist allerdings viel passiert und das hat dann doch etwas mit meinem für einen Millennial so untypischen Wunsch zu tun. Abgesehen von meiner Arbeit habe ich zwei große Leidenschaften, und zwar das Reisen und fremde Kulturen.

Es ist klar, dass zu zweit zu reisen deutlich mehr Spaß macht, als alleine zu reisen. Aber da ich bisher nun mal noch nie eine Freundin hatte, die genauso wie ich am liebsten jeden Monat für zwei, drei Tage verreisen wollte, habe ich das stets alleine getan. So auch vor drei Wochen. Es war Mitte Oktober. In Deutschland begann das Wetter mies zu werden und ich beschloss spontan, mir ein verlängertes Wochenende in Lissabon zu gönnen. Dort war ich bis dato noch nie gewesen. Als ich in Lissabon aus dem Flieger stieg, zauberten mir die zehn Grad Temperaturunterschied und die warme Sonne ein Lächeln ins Gesicht. *Alles richtig gemacht*, dachte ich. Dass ich ein bisschen einsam war, das vergaß ich ziemlich schnell, denn ich begann mir auf meinem Smartphone sofort diejenigen Sehenswürdigkeiten herauszusuchen, die ich besuchen wollte. Drei Übernachtungen hatte ich gebucht, was bedeutete, dass ich mich ranhalten musste. Lissabon hat absurd viel zu bieten, obwohl die Stadt dafür, dass es eine Hauptstadt ist, gar nicht so groß ist.

Da das alles aber nur die Rahmenbedingungen für meine eigentliche Geschichte sind, spule ich an dieser Stelle ein bisschen vor und erzähle gleich von meinem dritten, meinem letzten Tag, bevor ich wieder zurück nach Deutschland fliegen musste. Bis zu diesem Punkt hatte ich mir bereits so ziemlich alles angesehen, was man sich als Tourist ansehen konnte, besser gesagt sollte. Ein Ort fehlte mir aber noch, nämlich die Christus-Statue auf der anderen Seite der Brücke des 25. April.

Um dort hinzukommen, musste ich den Tejo mit einer Fähre überqueren. Klingt einfach, ist es auch, in der Theorie zumindest, aber wenn man nicht aus Lissabon kommt, dann können die Ticketautomaten in dieser Stadt schon verwirren. Na gut, vielleicht lag es auch am leckeren portugiesischen Rotwein, den ich am Vorabend getrunken hatte, dass ich an diesem Morgen nicht gerade der Fitteste war. Ich versuchte also, das richtige Ticket für die richtige Fähre auszuwählen, wozu ich so lange brauchte, dass mir eine freundliche junge Dame ihre Hilfe anbot.

Mir fiel gleich auf, wie hübsch sie war. Ihre langen schwarzen Haare hatte sie zu einem dicken Zopf geflochten, ihr Lächeln strahlte Güte und Wärme aus und als einer ihrer Finger meinen Handrücken berührte, als sie zur Tastfläche des Automaten griff, bekam ich Gänsehaut. Das klingt ziemlich intensiv und das war es auf irgendeiner Ebene sicher auch, aber in dem Moment ging es um den Ticketkauf. Ich war vor allem dankbar, dass mir jemand half. Ich bedankte mich also höflich und lief dann mit meinem Ticket in Richtung der Fähre, die vier Minuten später ablegen sollte.

Auf der Fähre sah ich die junge Frau, die mir geholfen hatte, noch einmal. Sie stand vor einer größeren, deutschsprachigen Touristengruppe und erzählte historische Anekdoten. Offensichtlich arbeitete sie als Reiseleiterin. Weil ich hören wollte, was sie erzählte, setzte ich mich verstohlen in die Nähe der Reisegruppe und lauschte der angenehmen Stimme meiner Retterin. Sie erzählte eine spannende Geschichte über Johann von Avis, der am 14. August 1385 den König von Kastilien in der Schlacht von *Aljubarrota* besiegte – mit Hilfe von ein paar Bogenschützen aus England. Aufgrund dieses schicksalhaften Tages wurde aus Johann von Avis der König Johann der Erste von Portugal.

Ich verlor mich in ihren Ausführungen, denn solche Geschichten über historische Begebenheiten zählten zu meiner liebsten Unterhaltung. Sie sprach weiter darüber, dass die Kinder und Enkel von Johann von Avis, zu denen auch

Heinrich der Seefahrer zählte, aus Portugal die Kolonialmacht gemacht haben, die wir noch vom Geschichtsunterricht im Hinterkopf haben. Diese ausgedehnte Macht war der Grund dafür, dass Portugal zu einem der wohlhabendsten Länder des ausgehenden Mittelalters avancieren konnte. *Krass*, dachte ich weiter, *diese Frau sieht nicht nur spitze aus, sie ist auch klug und vermag es, ihre Zuhörer zu begeistern.* Aber während die Fähre andockte, dachte ich wieder ausschließlich an die Christus-Statue, die ich besuchen wollte. Immerhin war ich nur noch eine Nacht in Portugal und es wäre ein utopischer Gedanke gewesen, diese hübsche Portugiesin anzusprechen. Sie wurde sicher oft genug von irgendwelchen deutschen Touristen angemacht. Ein weiteres Mal wollte ich ihr ersparen.

Ich hätte zwar gerne weiterhin ihren Geschichten zugehört, aber aufgrund des Gedränges beim Fährenausgang, verlor ich sie aus den Augen, was ich auch nicht schlimm fand. Ich nahm den öffentlichen Bus und fuhr die wenigen Stationen zu meinem Ziel. Am Fuße der Christus-Statue musste man ein Ticket kaufen, um mit dem Aufzug im Sockel des Monuments nach oben fahren zu können. Und schon wieder hatte ich meine Probleme mit dem Ticketkauf, denn in dem Schalter, wo man die Eintrittskarten bekommen konnte, saß keiner.

Wie in einem Film stand plötzlich wieder diese hübsche Frau neben mir, um mir abermals zu zeigen, wie ich an mein Ticket kommen konnte. Freundlich lächelte sie mich an und zeigte mir, wie man den Kassenautomaten bediente, der direkt neben mir stand und den ich gar nicht beachtet hatte, weil er aussah wie ein Parkgebührenautomat bei uns in Deutschland. Ich bedankte mich abermals herzlich für ihre Hilfe. Gerne hätte ich sie zu einem Essen oder einer Flasche Rotwein eingeladen, aber ich traute mich nicht. Sie hatte sicher noch genug mit ihrer Reisegruppe zu tun, weshalb ich mich nur höflich verabschiedete.

„Wissen Sie", sagte sie unvermittelt, bevor sie sich wieder ihrer Arbeit widmete. „Bei uns in Portugal gibt es ein Sprichwort: Wer sich dreimal zufällig trifft, der hat eine gemeinsame Bestimmung." Ich nickte, während ich innerlich zerfloss, weil ich ihren Akzent derart süß fand. Dann sah ich ihr zu, wie sie abermals in einer Menschenmenge verschwand.

Ein bisschen nahm ich es mir schon übel, dass ich gar nicht versucht hatte, ihre Telefonnummer oder sonstige Kontaktdaten von ihr zu bekommen, aber schlussendlich war es okay so, da ich ja schon am nächsten Tag wieder zurück in Berlin sein würde. Also tat ich, weshalb ich hergekommen war, und fuhr mit dem Aufzug zur Aussichtsplattform der Statue, um mich von deren Größe und Anmut beeindrucken zu lassen. Und dann tat ich etwas, über das ich selbst ganz erstaunt war; ich betete. Ich, Daniel, der noch nie an Gott geglaubt hatte, betete. Verrückt! Zugegeben, ich war nicht ganz überzeugt von dem Sinn meines Gebetes, dennoch erinnere ich mich noch genau, welche Worte ich wählte: *Bitte, lieber Gott, lass mich die hübsche Frau von vorhin noch einmal wiedersehen.*

Von ihr und ihrer Reisegruppe fehlte jedoch jede Spur, weshalb ich noch ein bisschen den großartigen Ausblick auf die Brücke des 25. April, den majestätisch dahinfließenden Tejo und die atemberaubende Silhouette von Lissabon genoss, bevor ich mich ein bisschen enttäuscht auf den Rückweg machte. Ich nahm wieder den Bus, der mich zurück zu den Fähren brachte, als mein Handy auf sich aufmerksam machte. Ein Kumpel hatte ein Posting von mir gesehen, das ich wenige Minuten zuvor, als ich auf der Aussichtsplattform der Christus-Statue gewesen war, auf Instagram veröffentlicht hatte. Er empfahl mir dringend, das Restaurant *Punto Final* aufzusuchen, das sich unweit von mir und direkt am Ufer des Tejo befand.

Gut, dachte ich mir. Ich hatte sowieso noch nichts anderes vor, also ließ ich mich vom Schicksal lenken und kehrte in diesem Etablissement ein, das mir aufgrund seiner Schönheit tatsächlich den Atem verschlug. Es befand sich nahezu direkt unter der Brücke des 25. April und man konnte beim Speisen auf den Fluss blicken – sensationell. Es war wenig verwunderlich, dass beinahe alle Tische belegt waren, aber ich hatte Glück. Ein einziger, kleiner Tisch für zwei Personen war noch frei, zu dem ich von einem freundlichen Kellner begleitet wurde.

Zu meinem Essen bestellte ich eine ganze Flasche Rotwein, weil ich diesen besonderen Ort so lange wie möglich genießen wollte. Ein bisschen schade fand ich es schon, dass ich dieses Erlebnis mit niemandem teilen konnte, aber mir ging es gut und ich war gesund, also machte ich das Beste aus meiner Situation. Nachdem ich meinen Hauptgang gegessen und mein erstes Glas Wein getrunken hatte und dabei war, mir ein Dessert auszusuchen, kam der Kellner zu meinem Tisch und fragte mich ganz vorsichtig, ob es in Ordnung für mich wäre, wenn sich noch eine Person zu mir an den Tisch setzen würde. Tatsächlich war mir gar nicht nach irgendeinem Touristen, der an meinem Tisch sitzen würde, aber dann sah ich, wer da zu mir rüber sah und lächelte. Ich dachte, ich sähe nicht richtig. Es war tatsächlich die hübsche Frau von den Ticketautomaten. Mein Herz hüpfte vor lauter Freude, denn jetzt war alles klar: Wir hatten eine gemeinsame Bestimmung. Maria, so hieß sie, setzte sich neben mich, erzählte von ihren Touren, die sie wöchentlich veranstaltete, und dass sie jedes Mal, nachdem sie fertig war, zu diesem Restaurant ging, eine Kleinigkeit aß und den Sonnenuntergang genoss. Wir saßen noch lange an dem kleinen Tisch, unterhielten uns und genossen die Aussicht.

Bald kommt sie mich in Berlin besuchen und– auch wenn ich früher nie an so etwas geglaubt habe – wir scheinen eine gemeinsame Bestimmung zu haben.

Reise zum Ursprung

Dana war vor Aufregung schon ganz schlecht. Immer wieder sah sie aus dem Flugzeugfenster und hoffte erahnen zu können, wann das Flugzeug sich endlich über portugiesischem Boden befand. Sie war auf dem Weg nach Lissabon. Endlich! Solange sie denken konnte, war Lissabon ihre Traumstadt gewesen.

Rückblickend konnte sie sich nicht erklären, woher diese Sehnsucht kam. Aber schon im Kindergarten hatte sie Bilder mit Häusern von einer Stadt gemalt, die am Fluss lag und mehrere Hügel hatte. Sobald sie lesen konnte, hatte sie sich Reiseführer über Lissabon zum Geburtstag und zu Weihnachten gewünscht und alle Bücher verschlungen, in denen auch nur einmal das Wort Lissabon vorkam.

Niemand in ihrem Umfeld kannte den Ursprung ihrer Leidenschaft. Weder ihre Großeltern, bei denen sie aufwuchs, nachdem ihre Mutter bei einem Autounfall starb, noch ihre Erzieherinnen im Kindergarten, noch Lehrer an der Schule, hatten eine Erklärung dafür. Auch alle ihre Freunde schüttelten nur den Kopf, in welche Ekstase sie verfiel, sobald sie nur das Wort Lissabon hörte. Es war, als wäre in ihrem

Gehirn der Befehl verankert, einen Wasserfall an Dopamin auszuschütten, sobald sie den Namen der Stadt hörte oder las. Sie hatte in der Vergangenheit schon viele Anläufe unternommen, ihre Großeltern zu bewegen, mit ihr nach Lissabon zu reisen. Das scheiterte aber schon an den nicht zur Verfügung stehenden Geldmitteln, sodass sie es schon als Teenager aufgegeben hatte, darum zu bitten. In der zehnten Klasse hatte sie sich zur Klassensprecherin wählen lassen, um die Entscheidung bezüglich des Schulausfluges dahingehend zu beeinflussen, dass Lissabon als Ziel gewählt würde. Da aber alle zehnten Klassen erst einmal nach Berlin, in die Hauptstadt, reisen mussten, ließ sie sich in der elften Klasse wieder wählen, hatte aber keine Chance, sich gegen die Mehrheit der Mitschüler durch zu setzen, die nach Paris wollten.

Daraufhin hatte sie diese Strategie verworfen und es sich zum Ziel gesetzt, nach dem Abitur für mindestens einen Monat nach Lissabon zu reisen. Manchmal hatte sie geglaubt, die Zeit würde überhaupt nicht vergehen, aber nun saß sie – genau eine Woche nach Erhalt des Abiturzeugnisses – im Flugzeug und fieberte der Landung in Lissabon entgegen.

Die letzten zwei Jahre hatte sie jede Ferien gearbeitet, um sich das Geld für den Aufenthalt zusammenzusparen. Zunächst als Spülerin in der Küche des größten Konferenzhotels der Stadt, dann als Kellnerin im Service. Später arbeitete sie für eine Verleihfirma, bei der sie auch zu Veranstaltungen außerhalb der Ferien zum Einsatz kam und dadurch ihr Einkommen steigern konnte.

Ein Vermögen kam dabei zwar nicht zusammen, aber aus durchschnittlich 200 Euro im Monat wurden innerhalb von zwei Jahren auch knapp 5000. Sie wusste, dass dieser Betrag mehr als genug sein würde, um in Lissabon für vier Wochen leben zu können, obwohl sie vorhatte, die ganze sehnsuchtsvolle und entbehrungsreiche Zeit ihrer unerfüllten Leidenschaft für Lissabon vollständig zu kompensieren, indem sie statt einer günstigen Airbnb-Unterkunft oder einer Jugendherberge, die besten Hotels der Stadt für ihren Aufenthalt wählte.

Sie war stets die Klassenbeste gewesen und hatte nicht den Hauch eines Zweifels daran, dass sie das Abitur bestehen würde. So hatte sie bereits vor einem Jahr, genau an dem Tag, als die Fluglinie den Flug zur Buchung freigegeben hatte, die

Buchung zu einem Sensationspreis von 19 Euro für den Hinflug vorgenommen. Dann hatte sie begonnen, im Internet die Preise für die Spitzenhotels Lissabons zu verfolgen. Täglich rief sie die Webseiten von Trivago, Booking, HRS, aber auch Secret Escapes und weiteren Agenturen auf und stöberte dort nach Schnäppchen.

Dabei stellte sie fest, dass immer mal wieder Sonderangebote mit bis zu 80 Prozent Nachlass auf den ursprünglichen Preis angeboten wurden. Bei solchen Gelegenheiten schlug sie zu, buchte das Angebot und bezahlte mit ihrem PayPal-Konto. So schaffte sie es, innerhalb von zwei Monaten Unterkünfte für einen vierwöchigen Aufenthalt in Lissabon zu buchen, bei dem sie alle zwei bis drei Tage ein neues Hotel kennenlernen würde. Bis auf wenige Ausnahmen hatten alle Hotels fünf Sterne. Da sie nicht wusste, wieviel Geld ihr letztlich für den Aufenthalt vor Ort noch bleiben würde, hatte sie jeweils das Frühstück mitgebucht. So könnte sie sich jeden Tag zumindest einmal richtig satt essen.

Letztlich war ihre Vorsicht unbegründet. Im letzten Halbjahr vor dem Abitur hatte sie viel freie Zeit zum Jobben gehabt und im Monat 800 Euro verdient. Dazu kam noch ein großzügiges Geldgeschenk ihrer Großeltern zum Abitur, sodass sie über reichlich Mittel verfügte, um einen weiteren Plan zu verwirklichen. Sie hatte sich vorgenommen, möglichst viele Spitzenrestaurants in Lissabon und Umgebung zu besuchen. Seitdem sie als Kellnerin bei der Zeitarbeitsfirma beschäftigt war, hatte sie in nahezu allen guten Restaurants der Stadt ausgeholfen und Geschmack für gutes Essen entwickelt.

Sie hatte sogar damit geliebäugelt, eine Kochlehre zu beginnen. Aber mit einem Einser- Abitur stand ihr auch jedes Universitätsstudium offen. So hatte sie sich an der Universität Freiburg für ein BWL-Studium beworben und auch umgehend die Zusage erhalten. Ihre Wahl war auf Freiburg gefallen, da es in der in der Stadt, aber auch in der näheren Umgebung, dem Markgräflerland, dem Kaiserstuhl, dem Elsass und der Nordschweiz von Spitzenrestaurants nur so wimmelte.

Aufgrund ihrer Passion für Lissabon hatte sie bereits sehr früh begonnen Portugiesisch zu lernen und beherrschte die Sprache zwischenzeitlich fast fließend. Genauso gut sprach sie aber neben Englisch auch Französisch, sodass ihr ein

Studienort unweit von Frankreich gelegen kam.

Nun war aber erst einmal Lissabon angesagt. Ungeduldig sah sie auf ihr Mobiltelefon. Noch dreißig Minuten bis zur Landung. *Wie lange können denn 30 Minuten sein*, dachte sie gerade, als sie die Passagierin hinter sich das portugiesische Wort für ungewöhnlich sagen hörte, *insolito*. Sie musste schmunzeln, denn das Restaurant mit dem Namen *Insolito* war ihre erste Anlaufstelle heute nach der Landung.

Da sie bereits kurz vor zwölf landen würde, sie aber erst ab halb vier ins Hotel kommen konnte, hatte sie für 13 Uhr einen Tisch in dem Restaurant reserviert, das für sein außergewöhnliches Ambiente, seine wunderbare Küche und einen sensationellen Blick über die Stadt und den Tejo berühmt war.

Sie hatte das Restaurant als eine der Top-Empfehlungen bei TripAdvisor gefunden und da es nur wenige Minuten von ihrem ersten Hotel entfernt lag, hatte sie beschlossen, ihren Aufenthalt in Lissabon dort zu beginnen. Das Restaurant hatte einen sehr guten Ruf und war stets ausgebucht. Um sicher zu gehen, dass sie auch einen Platz bekam, hatte sie den Tisch schon vor drei Monaten reserviert. Das war ihr wichtig gewesen. Schließlich hatte sie heute etwas zu feiern.

Jetzt müssen wir nur noch pünktlich landen, dachte sie bei sich, als der Kapitän sich meldete und mitteilte, dass aufgrund des Rückenwindes Lissabon bereits zehn Minuten vor der geplanten Ankunftszeit erreicht würde.

„Genial, das fängt schon einmal gut an. Dann bin ich sicher um zwölf in der Ankunftshalle des Flughafens", murmelte Dana vor sich hin. Vor ein paar Wochen hatte sie ihrer Internetrecherche eine Seite gefunden, auf der Touren, Ausflüge und auch Flughafentransfers angeboten wurden. Da sie inzwischen zu einem Profi in Sachen Sonderangebote geworden war, hatte sie ein Angebot entdeckt, bei dem sie kostenlos vom Flughafen abgeholt wurde, wenn sie eine Tagestour beim gleichen Unternehmen buchte. Eine der Tagestouren war ein Ausflug in den Norden Lissabons mit dem Besuch dreier Weingüter und dem Mittagessen in einem der Restaurants, welches sie ohnehin kennenlernen wollte. Diese Tagestour hatte sie gebucht und ihre Flugdaten angegeben, damit sie am Flughafen abgeholt würde.

Der Pilot hatte bereits den Landeanflug eingeleitet und sie überlegte, ob sie die zusätzlich gewonnenen Minuten dazu verwenden sollte, sich in einer der Toiletten im Ankunftsbereich umzuziehen. In weiser Voraussicht hatte sie ein zweites Bordgepäck gebucht und keinen Koffer aufgegeben. So war sie sicher, ohne Zeitverlust am Gepäckband zügig in die Ankunftshalle zu gelangen.

Der Pilot hatte nun auch bereits das Kabinenpersonal aufgefordert, sich zu setzen. Unter dem Flugzeug konnte sie nun die Ausläufer der Stadt erkennen. „Lissabon", entfuhr es ihr und ein enormes Glücksgefühl durchströmte sie.

Ihr Körper schien alle Endorphin- und Dopaminvorräte gleichzeitig auszuschütten. *Das fühlt sich an wie im siebten Himmel.* Ein Zustand, der auch noch das Aufsetzen des Fahrwerkes auf der Landebahn überdauerte, bevor ein Adrenalinschub sie in Alarmbereitschaft versetzte, um rasch an ihre beiden Gepäckstücke zu gelangen und das Flugzeug möglichst zügig zu verlassen.

Das war zwar auch recht gut gelungen, nun wartete sie aber bereits seit Minuten, dass sich der Shuttlebus füllte, der sie und die anderen Passagiere vom Flugfeld zum Terminal bringen sollte. Obwohl gefühlt schon niemand mehr in das Fahrzeug hineinpasste, schloss der Fahrer die Türen immer noch nicht. Sie wollte so rasch wie möglich mit der Stadt ihrer Träume eins werden und fühlte sich auf einmal völlig ausgebremst.

Der Fahrer hatte noch auf das Zeichen eines Flugbegleiters gewartet. Nachdem er das erhalten hatte, schloss er die Türen und setzte den Bus in Bewegung. Schon wenige Augenblick später hielt er vor einer großen Glastür. Hier spuckte das Fahrzeug die Passagiere förmlich in das Gebäude, wo sie sich auch gleich verteilten. Sie folgte mit wachsender Unruhe den Schildern mit der Aufschrift *Saída*, Ausgang, und befand sich nur wenige Augenblicke später bereits im Saal mit den Gepäckbändern.

Der Blick auf die Uhr versöhnte sie mit dem Warten im Bus und beruhigte sie. Es war erst 11:45 Uhr. Zu der Zeit war eigentlich erst die Landung geplant gewesen und nun stand sie bereits vor der Zollkontrolle, die wegen des Schengenfluges nicht besetzt war. Aus dem Augenwinkel sah sie die Zeichen für die Toiletten und beschloss, ihr Vorhaben umzusetzen und sich rasch umzuziehen. Sie hatte ein elegantes Kleid eingepackt. Die Vorstellung, ihre Traumstadt in diesem Kleid zu betreten, versetzte sie in Verzückung.

Als sie den Toilettenraum wieder verließ, bestätigten ihr die Blicke der vorbeihastenden Passagiere, dass sie in dieser Aufmachung beeindruckend aussah. Einige ungefähr gleichaltrige Jungen zeigten offen ihre Bewunderung, indem sie ihr hinterherpfiffen und Anmachsprüche nachriefen. Als Servicekraft bei Veranstaltungen war sie ob ihres Aussehens und ihrer Figur häufig angemacht worden. Sie hatte gelernt, solche Sprüche und durchdringenden Blicke an sich abprallen zu lassen. Auf schicke, vorteilhafte Kleidung wollte sie deswegen jedenfalls nicht verzichten.

Sie konzentrierte sich wieder ganz auf ihre Mission. Nach dem Verlassen des inneren Bereiches der Ankunftshalle sollte sie sich nach einem Schild mit ihrem Namen umsehen. Kaum hatte sie den Sicherheitsbereich verlassen, streckten sich ihr mehr als zwanzig Hände mit Blättern ungefähr in DIN-A4-Format entgegen, auf denen Namen standen. Zudem war das gesamte Trenngeländer zwischen Ausgang und Halle mit Zetteln bestückt, die ebenfalls Namen trugen.

Hinter Dana drängten sich weitere Passagiere, teilweise mit sperrigen Gepäckwagen, sodass sie sich nicht traute, stehen zu bleiben. In der Kürze der Zeit war es ihr nicht möglich, alle Schilder zu lesen. Eine kleine Unmutswelle stieg in ihr hoch, nun würde sie wertvolle Zeit beim Finden ihres Namensschildes verlieren, aber als sie den Kopf hob, um in die Halle zu sehen und sich zu orientieren, war ihr Ärger sofort verflogen. In der Mitte der Halle stand ein älterer, stämmiger Mann, mit kräftigem Vollbart, den sie aber erst etwas später wahrnahm. Sofort gesehen hatte sie aber das extra große Blatt, umrandet mit den Farben, die sie von ihrer Buchung kannte und bedruckt mit dem Logo von GranTours Portugal. Auf dem Blatt Papier standen groß und gut lesbar aufgedruckt ihr Vor- und Nachname.

Genial, so muss es sein, dachte sie sich und bewegte sich zielstrebig auf den Träger des Schildes zu, der sie ein wenig an Kapitän Haddock aus den Geschichten von Tim und Struppi erinnerte. Er hatte eine sehr angenehme Ausstrahlung. Als Dana direkt vor ihm stand, stellte sie fest, dass er zwei Köpfe größer war als sie und immer noch, über sie hinweg, zur Ausgangstür des Sicherheitsbereiches sah.

Sie tippte dem Bartträger auf den Unterarm und als sie seine Aufmerksamkeit hatte, lächelte sie ihn an, zeigte nach oben auf ihren Namen und sagte auf Portugiesisch: „Das bin ich." Sie ahnte, was nun kommen würde und in der Tat wechselten die Gesichtszüge des Abholers von einem Willkommen verheißenden Lächeln in ungläubiges Staunen. Sie musste es nicht mehr ausgesprochen hören, sie wusste welche beiden Worte die Lippen des Bartträgers gerade formten: „Audrey Hepburn", stammelte er kaum hörbar in seinen Bart und sah Dana mit großen Augen an.

„Dana Körber, so wie es auf dem Schild steht", lachte sie ihn an. „Wo steht ihr Auto?" Zunächst ein wenig unbeholfen wie Kapitän Haddock in den Comics sammelte sich der Abholer aber rasch und nahm ihr die beiden Koffer ab. „Hier direkt vor diesem Eingang. Willkommen in Lissabon Frau Körber. Hatten Sie einen guten Flug?"

Die Frage hatte sie schon nicht mehr gehört. Mehr hüpfend als gehend hatte sie das Flughafengebäude verlassen und stand nun auf dem Vorplatz. Mit kräftigen Atemzügen zog sie die frische Luft ein. *Mein Traum ist wahr geworden, ich bin in Lissabon.* Ein intensives Glücksgefühl durchzog sie vom Scheitel bis zur Sohle.

Der Abholer blieb stehen und wartete. Dana hatte unbewusst ihre Hände nach vorn gestreckt und die Handflächen nach oben gekehrt, vollkommen eins mit dem Moment. *Sie sieht nicht nur wie die junge Audrey Hepburn aus, sie würde sich auch gut als Mädchen im Sternentalermärchen machen,* dachte er. *Es sieht aus, als sammle sie am helllichten Tag die Sterne vom Himmel. Welch eine Anmut!*

Er traute sich nicht, sich zu bewegen, um den besonderen Augenblick nicht zu zerstören, aber da löste Dana sich aus ihrer Erstarrung und sah ihn an. „Welches ist denn nun ihr Auto?" Als Antwort löste er mit dem Schlüssel die Verriegelung des schicken, schwarzen Autos vor ihnen, sodass dessen Kofferraumklappe aufschwang. *Coole Kiste und auch noch umsonst. Wie geil ist das denn,* dachte Dana, als sie ihren Chauffeur ihre Koffer verstauen sah.

Als sie an der Limousine angekommen war, hatte er auch bereits die hintere Tür auf der Beifahrerseite geöffnet und hob einladend sein Kinn: „Bitte Frau Hepburn, äh, ich meine Frau Körber", verbesserte er sich und war dabei tatsächlich ein wenig rot geworden.

Nach dem Einsteigen deutete er an, seinen Kopf in Danas Richtung zu drehen und bemerkte. „Mein Name ist übrigens João. Wir sind in circa zwölf Minuten am Hotel Ritz, wenn

Sie erlauben, werde ich dort anrufen, dass wir auf dem Weg sind und veranlassen, dass Sie bereits jetzt ihr Zimmer beziehen können."

Dana war etwas verblüfft. „Auf meiner Buchungsbestätigung steht, dass der Check-In erst ab 15:30 Uhr möglich ist, aber das wäre natürlich phänomenal." João nickte kurz. „Sie haben manchmal schon Zimmer verfügbar. Ich kündige Ihre Ankunft rasch einmal an", sagte er, während er losfuhr. Danas Entzücken hatte weiter zugenommen und war wieder in eine angespannte Unruhe übergegangen. Sie wusste, dass der Flughafen fast in der Innenstadt lag. *Gleich sehe ich meine Traumstadt.*

Der Fahrer hatte bereits das Flughafenareal verlassen und war auf eine sechsspurige Straße aufgefahren, als er zu sprechen begann, wohl am Telefon mit dem Hotel Ritz verbunden. Dana freute sich unbändig, ihren Lissabon-Aufenthalt in diesem berühmten Luxushotel beginnen zu können. Es hatte auf den unterschiedlichen Portalen zwar auch für dieses Hotel immer mal besondere Angebote gegeben, aber über eine lange Zeit passten diese überhaupt nicht zu ihren Reisedaten. Eines Abends vor vier Monaten war sie völlig ausgelaugt von einem Einsatz bei einem Catering zurückgekommen. Sie war angezogen auf ihr Bett gefallen, unwillig, sich noch einmal zu rühren, als auf dem Bildschirm ihres Computers ein Licht aufblinkte. Da war sie doch noch einmal aufgestanden und hatte den Bildschirm zum Leben erweckt.

Bevor sie zur Arbeit gegangen war, hatte sie noch einmal ihre Ankunftsdaten in Lissabon eingegeben, um die aktuellen Sonderangebote zu erhalten. Dann war sie aber aufgebrochen, bevor die Ergebnisse dargestellt waren. So sah sie erst in diesem Moment, dass das Ritz in Lissabon für den Tag ihrer Ankunft und den Folgetag ein derart verführerisches Angebot eingestellt hatte, dass kein Nachdenken mehr erforderlich war. Sie war wie elektrisiert, öffnete das Fenster mit den Konditionen und erschrak: „Nur heute gültig!" Auf der oberen Leiste des Bildschirms zeigte die Zeit 23:57 Uhr an. Doch sie beruhigte sich sofort, denn sie wusste ja, dass Portugal sich in der GMT-Zeitzone befand und damit eine Stunde hinter der Zeit in Deutschland. Die Maske für die Eingabe der Daten poppte auf und Dana drückte auf *Autoausfüllen*, bestätigte die AGBs gelesen zu haben und kam auf das Bezahlfeld. Auch im PayPal-System waren alle ihre Daten bereits hinterlegt, sodass sie in den internen Bereich des Bezahldienstes gelangt war. Noch zwei Mal klicken und die Meldung zeigte, dass die Zahlung erfolgt war. Unmittelbar darauf kam eine Buchungsbestätigung direkt vom Hotel Ritz. Das war eine Punktlandung – aber sie konnte ihr Glück gar nicht genießen, sie war bereits am Schreibtisch sitzend eingeschlafen.

Daran musste sie nun auf dem Weg zum Hotel Ritz denken. Tatsächlich waren die beiden Nächte im Ritz die letzten gewesen, für die sie bis zu diesem Tag noch keine Übernachtung gehabt hatte. Sie durchströmte ein Gefühl der Gewissheit, dass alles hatte so kommen sollen.

Versunken in ihre Gedanken hatte sie gar nicht bemerkt, dass der Fahrer sein Telefonat beendet hatte. Einmal hatte sie ihn ihren Namen sagen hören und zwei Mal hatte der Fahrer die Zahl 1850 genannt. Da Dana aber sonst das Gespräch nicht verfolgt hatte, maß sie dem auch keine große Bedeutung bei. Sie war vielmehr fasziniert und beeindruckt von den Wolkenkratzern aus Stahl und Glas, die nun in ihrem Blickfeld aufgetaucht waren und Büros beherbergten, wie die Logos an den Fassaden kundtaten.

Der Fahrer hatte gerade einen Knopf unterhalb des kleinen Bildschirms in der Mittelkonsole gedrückt, als er wieder eine Drehung seines Kopfes in Danas Richtung andeutete und ihr mitteilte, dass die Ankunft in zwei Minuten sein werde. Sie wusste, dass nun gleich der großflächige Platz kommen musste, der nach dem Marquês de Pombal benannt worden war. Er war der Beauftragte des Königs Josef des Ersten gewesen, der Lissabon nach dem großen Erdbeben im Jahr 1755 wieder aufgebaut und zu neuem Glanz gebracht hatte.

Sie hatte den Platz bereits auf vielen Bildern gesehen, aber der Anblick dieser monumentalen Anlage ließ ihr trotzdem fast den Atem stocken. *Er ist noch viel schöner und mondäner, als ich ihn mir vorgestellt habe.* Und sie empfand eine tiefe Einheit mit der Stadt und mit sich selbst. *Ich bin in meiner Traumstadt angekommen.* Sie zwickte sich leicht in den Unterarm, um zu prüfen, ob sie auch nicht träume.

Die Limousine hatte angehalten, aber vorerst nur an einer roten Ampel. Tatsächlich ragte das massive Gebäude des Hotels Ritz nur wenige Meter entfernt auf. *Ein bisschen surreal ist es schon, dass ich als 18-jähriges Mädchen dort ein Zimmer habe. Aber ich habe es bereits bezahlt und bin ein*

Gast wie jeder andere auch.

„Meine Dame, wir sind angekommen." Dana wurde aus ihren Gedanken gerissen. „Das ging aber flott", bemerkte sie. „Das war eine sehr angenehme Fahrt. Sehr herzlichen Dank dafür. – Eine Frage habe ich noch, wissen sie wie lange ich von hier zum Restaurant *Insolito* benötige? Ich habe dort um 13 Uhr einen Tisch, und wenn es die Distanz zulässt, dann würde ich dorthin laufen." Dana sah den Fahrer erwartungsvoll an. „Sie können das in 15 bis 20 Minuten leicht zu Fuß schaffen. Ich habe aber einen besseren Vorschlag für Sie: Ich habe genau um 13 Uhr eine Abholung an diesem Restaurant. Ich biete Ihnen sehr gerne an, Sie 12:45 Uhr, also in einer halben Stunde, zum Restaurant mitzunehmen. Das kostet Sie selbstverständlich nichts", fügte er hinzu.

Dana gefiel der Vorschlag vor allem deshalb sehr gut, weil sie noch am Überlegen war, welchen Betrag sie dem Fahrer als Trinkgeld geben sollte. Nun hatte sie noch ein wenig Zeit und konnte recherchieren, welcher Betrag angemessen wäre. „Das Angebot nehme ich sehr gerne an, aber nur, wenn Sie dadurch keine wertvolle Freizeit opfern", erwiderte sie und lächelte ihn an. „Das ist eine Freude und Ehre für mich, Sie fahren zu dürfen. Ich werde genau hier auf Sie warten."

In diesem Moment wurde Danas Seitentür von außen geöffnet. Ein Mitarbeiter des Ritz streckte ihr seine Hand entgegen, um ihr beim Aussteigen zu helfen. Sie fand die Geste ob ihres jungen Alters zwar einerseits ein wenig übertrieben. Andererseits hatte sie aber auch etwas Charmantes und Weltläufiges an sich, sodass sie sich aus der Limousine heraushelfen ließ.

Ihr Gepäck war schon aus dem Kofferraum genommen worden. Sie sah es gerade noch auf einem der typischen Wagen im Gebäude verschwinden. Sie musste sich kurz orientieren. Der Page mit dem Gepäck war durch eine Seitentür gegangen. Der Haupteingang führte aber wohl durch die großen Portaltüren, durch die in diesem Moment zwei Männer kamen. Sie steuerten direkt auf Dana zu und streckten ihr beide ihre rechte Hand entgegen. Dana war verblüfft und wich ein wenig zurück, aber der ältere hatte bereits ihre Hand ergriffen, stellte sich als Direktor des Hotels vor und begrüßte Dana herzlich. Nachdem der Direktor ihre Hand losgelassen hatte, ergriff der jüngere Mann diese, drückte ein wenig fester als sein Vorgänger zu und hielt Dana eine Visitenkarte entgegen. „Herzlich willkommen auch meinerseits! Ich bin der Guest Relation Manager und wann immer Sie ein Anliegen haben, stehe ich mit Freuden zu Ihrer Verfügung."

Dana war ein wenig überrumpelt und verwirrt. Das hatte sie in ihren kühnsten Träumen nicht erwartet. Zögerlich bedankte sie sich. Nicht wissend, was sie nun tun sollte, bemerkte sie: „Dann werde ich mal einchecken. Ich habe gleich um 13 Uhr einen Tisch im *Insolito* reserviert."

Die beiden Männer nahmen sie in die Mitte und kehrten mit ihr ins Hotel. „Ich habe bereits Ihre Zimmerkarte bei mir", bemerkte der Direktor. Wir haben uns die Freiheit genommen, sie bereits einzuchecken und die Koffer in ihre Suite bringen zu lassen. Wenn Sie erlauben, begleite ich sie dorthin und zeige ihnen die Vorzüge und Annehmlichkeiten dieser Unterkunft." Dana meinte gerade das Wort Suite gehört zu haben und sie beschlich das ungute Gefühl, dass die beiden Herren sie verwechselten.

Als sie gerade ansetzen wollte, den vermeintlichen Irrtum aufzuklären, ergänzte der Direktor: „Falls Sie für heute Abend noch keine Pläne haben, laden wir Sie herzlich ein, in unserem Restaurant als Gast des Hauses zu dinieren. Gerne auch in Begleitung, falls Sie sich mit jemandem in der Stadt verabredet haben." Der Direktor schaute sie aufmunternd an. Nun war Dana sich sicher, dass es sich um eine Verwechslung handeln musste. Bevor sie aber zum Reden kam, beruhigte sie der jüngere der beiden Männer: „Sie müssen sich auch nicht jetzt gleich entscheiden, Frau Körber. Wir haben in jedem Fall einen Tisch für Sie vorbereitet. Sie sind auch kurzfristig stets unser willkommener Gast."

Dana war perplex. Der Manager sprach sie mit ihrem Nachnamen an. Die beiden wussten offensichtlich genau, was sie taten. *Vielleicht werde ich mit einer Prominenten verwechselt?* Da traten sie schon in den Fahrstuhl und der Direktor drückte den obersten Knopf. „Es ist uns eine große Ehre, dass Sie ein paar Tage in unserem Haus verweilen", wandte sich der Direktor hoheitsvoll an Dana, als sie gerade ansetzen wollte und erklären, dass sie nur ein Sonderangebot gebucht hatte. In diesem Moment ertönte das Ankunftsklingeln des Aufzuges und die Türen öffneten sich. „Nach Ihnen", bedeutete der Direktor mit ausladender Geste und dirigierte Dana in den Gang. Nach nur wenigen Schritten blieb der Direktor an einer edlen Tür stehen, hielt die Schlüsselkarte an den Türknauf und anschließend ihr die Tür auf. „Willkommen in Ihrer Suite!"

Sie war geblendet. Sie war in einen hellen, großen Salon eingetreten, in dem zwei ausladende Sofas standen, zudem ein Ohrensessel und ein mächtiger Glastisch, der ihr sofort ins Auge fiel. Auf dem Glastisch stand ein enormer Blumenstrauß. An der imposanten Vase lehnte eine Karte.

Dana wurde von dem Direktor quasi in den Raum geschoben. Nun direkt vor dem prächtigen Blumenstrauß stehend wollte sie ihren Augen nicht trauen. Da stand tatsächlich: „Herzlichen Glückwunsch zum Geburtstag!" Noch völlig verdattert drehte sie sich zum Direktor um, der mit ausgestreckter Hand hinter ihr stand und ihr mit einem kräftigen Händedruck die besten Glückwünsche der gesamten Belegschaft des Ritz Lissabon zum Ausdruck brachte.

„Das Upgrade ist unser Geburtstagsgeschenk an Sie", hörte Dana den Direktor sagen und nun fiel ihr auch ein, wo das Wissen um das Datum herkam. Sie hatte bei der Buchung ihr Geburtsdatum wegen der Volljährigkeitsprüfung eingegeben.

So viel zum Thema Datenschutz, fuhr es ihr durch den Kopf. Immer noch sehr verwirrt, aber auch tief gerührt bedankte sie sich bei dem Direktor. „Fühlen Sie sich ganz wie zu Hause. Ihr Fahrer wartet unten auf Sie. Wenn Sie sich frisch gemacht haben, fahren Sie einfach mit dem Aufzug wieder nach unten in die Lobby."

„Ihr Fahrer", wiederholte Dana leise. Das hörte sich richtig versnobt an. Der Direktor hatte sich mit einer leichten Verbeugung verabschiedet. Sie sah aus dem Fenster des Salons direkt auf den Platz des Marquês de Pombal, bewunderte dessen Dimensionen und Struktur. *Es ist kein Traum, aber ich bin in meiner Traumstadt.*

João, der Fahrer, telefonierte unterdessen aufgeregt. „Wenn du sie gesehen hättest, wüsstest du, dass sie seine Tochter ist", wiederholte er nun bereits zum zweiten Mal. „Er sieht aber nicht aus wie Audrey Hepburn", widersprach sein Gesprächspartner. „Audrey Hepburns Vater sah vielleicht auch nicht aus wie seine Tochter, aber wahrscheinlich konnte man dennoch erkennen, dass es seine Tochter war", entgegnete João. „Sie hat seine Stirn, seine Augen, seine

Wangenknochen, seine Grübchen, sein Lachen, nur ist sie dreißig Jahre jünger", insistierte er, „und sie spricht fließend Portugiesisch. Sie hat mit mir gesprochen, als wäre sie hier aufgewachsen."

Joãos Chef blieb skeptisch. „Wenn Don Miguel eine Tochter hätte, würde ich das wissen. Ich kenne ihn seit mehr als dreißig Jahren. Seit über fünfundzwanzig Jahren sind wir befreundet und du sagtest mir, dass das Mädchen 17 oder 18 Jahre alt ist. Da hätte ich schon einmal etwas davon gehört."

João schüttelte den Kopf. „Vielleicht weiß er selbst nichts davon", mutmaßte er. „Wir sind alle nicht aus Holz und Gelegenheit macht Liebe. Aber ich bin nicht der Hüter meines Bruders und es geht mich eigentlich auch gar nichts an. Nur habe ich dem Mädchen angeboten, sie zum *Insolito* zu fahren und du weißt, dass ich Don Miguel genau dort um 13 Uhr abholen soll. Was passiert, wenn die beiden sich sehen?"

„Vielleicht soll es ja so sein. Du weißt es gibt keine Zufälle. Sorge dafür, dass die beiden sich sehen und lass der Vorsehung ihren Lauf." João grummelte. Er teilte die Meinung seines Chefs nicht, hatte aber auch keine bessere Idee, stimmte daher dem Vorschlag zu und beendete das

Telefonat.

In dem Moment klopfte es an die Scheibe der Fahrertür, João drehte seinen Kopf und erkannte Jorge, den Guest Relation Manager. João stieg aus und die beiden umarmten sich. „Du hattest Recht, sie muss seine Tochter sein. Sie sieht ihm total ähnlich, spricht fließend Portugiesisch und hätte sich sonst wohl auch nicht im Ritz eingebucht. Übrigens hat sie heute Geburtstag und wird genau 18 Jahre alt. Wir haben rasch in die Buchungsdaten gesehen. Das hat sicher einen Grund, warum sie genau heute nach Lissabon kommt und auch noch bei uns Gast ist."

„Danke für die Info zum Geburtstag. Die werde ich gleich mal an den Chef weitergeben. Sie hat am Wochenende eine Weingutstour bei uns gebucht. Du weißt, mein Chef und Don Miguel sind gute Freunde. Mein Chef sagt, er habe Don Miguel noch nie von einer Tochter sprechen hören, und glaubt mir nicht." Jorge nickte zustimmend. „Ich wollte es auch erst nicht glauben, aber sie ist ihm wie aus dem Gesicht geschnitten."

„Sie muss die Tochter sein." Die beiden drehten sich um und sahen, dass der Direktor zu Ihnen gestoßen war. „Danke, dass du uns informiert hast." Er legte seinen Arm um Joãos Schulter und deutete eine leichte Umarmung an. „Wie siehst du die Situation?" João hob die Schultern „Mein Chef, der wie du weißt ein guter Freund von Don Miguel ist, hat noch nie etwas von einer Tochter gehört. Vielleicht weiß auch Senhor Miguel nichts von ihr und es soll eine Überraschung für ihn sein? Die Mutter des Mädchens hat ihr vielleicht erst zur Volljährigkeit ihren Vater genannt und sie ist nun hier, um ihn zu finden."

Der Direktor war skeptisch. „Wenn sie Don Miguel oder umgekehrt er sie tatsächlich noch nicht kennt, dann kämen aber gleich ganz viel Zufälle zusammen. Sie kommt am Tag ihrer Volljährigkeit hier an, bucht den exklusivsten Fahrdienst Lissabons für den Transfer, nimmt Quartier in einem der teuersten Hotels der Stadt und hat als erstes einen Tisch im *Insolito* bestellt. Wahrscheinlich wartet Don Miguel dort sogar auf sie."

João wollte widersprechen, dachte aber an seine Verschwiegenheitspflicht. Eines der höchsten Prinzipien des Unternehmens war Diskretion. Es musste niemand wissen, dass er Don Miguel gleich an einen ganz anderen Ort in der

Stadt fahren würde.

Das Gespräch der drei Männer war ohnehin zu Ende, denn Dana war gerade aus der Tür getreten und kam auf die kleine Gruppe zu. „Da sind ja wieder alle Menschen vereint, die ich bisher in Lissabon kenne", lachte sie und wandte sich an den Direktor: „Nochmals herzlichen Dank für das tolle Upgrade, den wunderschönen Blumenstrauß und die guten Wünsche. Ich bin richtig beglückt."

João hatte Dana seine rechte Hand entgegen gestreckt. „Auch ich gratuliere herzlich und wünschen Ihnen alles Gute, und dass sie eine großartige Zeit in Lissabon haben werden." Dana machte einen kleinen Knicks und es sprudelte aus ihr heraus. „Seitdem ich denken kann, wollte ich Lissabon besuchen. Schon im Kindergarten habe ich Häuser gemalt, von denen ich sagte, dass sie in Lissabon stehen. Vielleicht lag es aber auch daran, dass die Tagesmutter, zu der ich nach dem Kindergarten immer ging, eine Tochter dieser Stadt war. Von ihr habe ich auch zuerst die Sprache gelernt." Die drei Männer sahen sich bedeutungsvoll an. „Ich hoffe, ich habe keinen zu starken deutschen Akzent." Alle drei Männer schüttelten sofort heftig den Kopf und der Direktor widersprach wohlwollend: „Ganz im Gegenteil, sie sprechen die Sprache besser als wir es tun."

Nun war es an Dana ein wenig verlegen zu tun, als João anmerkte: „Ich muss leider zum Aufbruch drängen, denn ich habe ja auch einen Fahrgast aufzunehmen und sie haben sicher schon kräftig Hunger. Das Essen im *Insolito* ist übrigens hervorragend."

Der Direktor und der Manager nahmen wieder eine formelle Haltung an und verabschiedeten sich von Dana, während João die Tür hinter dem Beifahrersitz öffnete. Sie sah ihn lächelnd an. „Wenn es Ihnen nichts ausmacht, würde ich gerne vorn sitzen. Da sehe ich gleich viel mehr von meiner Traumstadt." João schloss behutsam die hintere Tür, öffnete die Beifahrertür und ließ Dana einsteigen. Als er die Tür geschlossen hatte, murmelte er: „Wie der Vater."

In Lissabon herrscht tagsüber stets ein hohes Verkehrsaufkommen, aber die Mittagszeit ist keine Rushhour und so dauerte die Fahrt nur wenige Minuten. Genau um 12:59 Uhr stoppte die Limousine vor dem Eingang des *Insolito*. João sprang heraus, um Dana die Tür aufzuhalten, sie war jedoch bereits ausgestiegen und fingerte an ihrer

Handtasche herum, um einen Geldschein für das Trinkgeld zu finden. João erkannte ihre Absicht, beeilte sich anzumerken, dass alles in Ordnung sei, er ihr einen guten Appetit und ein tolles Erlebnis wünsche und er sofort wegfahren müsse, da er im absoluten Halteverbot stünde. „Ich bin auch am Wochenende bei der Weintour Ihr Fahrer", merkte er noch an. Dies beruhigte Dana. Das gab ihr eine Gelegenheit mehr, sich mit einem Trinkgeld erkenntlich zu zeigen.

Sie hatte sich gerade zum Eingang gewandt, als ein in einen eleganten Anzug gekleideter Mann auf das Fahrzeug zueilte und dabei zweimal nach João rief, der sofort wieder zurück zur Beifahrertür eilte, diese öffnete und ihn einsteigen ließ. *Gut, dass sein nächster Fahrgast pünktlich war, so hat João kein Problem wegen dem Halten an unzulässiger Stelle bekommen*, dachte Dana als sie in den Eingangsbereich des Restaurants eintrat.

João hatte den Wagen schon gestartet und sich auch bereits in den fließenden Verkehr eingefädelt, konnte aber nicht umhin, mehrfach erwartungsvoll in Richtung seines Fahrgastes zu sehen. Dies blieb diesem nicht verborgen und er fragte João etwas ungehalten: „Habe ich mich heute Morgen vergessen zu rasieren oder habe ich etwas im Gesicht hängen?"

João gewann sofort seine Haltung wieder: „Entschuldigen Sie, Senhor Cavalho, ich meinte ihr Kragenknopf sei offen. Nun sah ich aber, dass Sie gar keinen Button-down-Kragen tragen." Ihm war klar, dass das keine besonders gute Ausrede war, aber sie kannten sich schon sehr lange und er hatte Senhor Cavalho schon hin und wieder einen Hinweis zu einem Flecken auf der Kleidung oder Ähnlichem gegeben. Er hätte ihn aber nie mit seinem Spitznamen, Don Miguel, angesprochen. Er war Profi.

„Ja, der Kragen steht ab. Gefällt mir gar nicht." Don Miguel tippte beim Sprechen auf seinem Smartphone herum. „Übrigens haben Sie gerade die wiederauferstandene Audrey Hepburn vor dem *Insolito* abgesetzt? Ist sie ein Model oder eine Schauspielerin?"

João registrierte, dass Don Miguel weder seine Stimme verändert, noch seine Aufmerksamkeit vom Telefon genommen hatte. Er schloss daraus, dass er die junge Frau tatsächlich nicht kannte. Aus Gründen der Diskretion hätte João normalerweise eine ausweichende Antwort gegeben, aber zum einen kannten sie sich auch schon über zwanzig

Jahre und zum anderen war Miguel Cavalho an der Firma seines Arbeitgebers beteiligt, sodass João erklärte: „Eine Urlauberin. Ich habe sie vor einer Stunde am Flughafen abgeholt und zum Ritz gefahren. Dort hat sie eingecheckt und da ich wusste, ich fahre zum *Insolito* und sie dort eine Reservierung hatte, habe ich ihr angeboten, sie mitzunehmen."

„Sie haben ein gutes Herz, João. Wobei ich die junge Dame nur sehr kurz gesehen habe. Viel älter als sechzehn oder siebzehn Jahre kann sie aber nicht gewesen sein", überlegte Don Miguel.

„Der Guest Relation Manager des Ritz hat ihr zu ihrem 18. Geburtstag gratuliert." João fand, dass das eine gute Formulierung war. So gab er nicht preis, dass Jorge eine Indiskretion begangen hatte, als er ihm die Information gab. Don Miguel war ein langjähriger und bedeutender Kunde des Ritz und João konnte sich vorstellen, dass er jede Art von Indiskretion missbilligte.

In dem Moment befiel João ein ungutes Gefühl. Hatte er nicht selbst eine Indiskretion begangen, als er an das Ritz meldete, dass er wohl mit der Tochter von Don Miguel auf der Anfahrt sei. Aber er beruhigte sich selbst, denn Jorge war sein Cousin und die Familie hielt immer zusammen. Da würde nie ein Wort nach draußen dringen.

„Ich finde es ganz schön mutig, dass die junge Dame bei ihrem Aussehen auch noch genau so ein Kleid trägt, wie Audrey Hepburn in der berühmten Frühstücksszene im Film. Alle, die älter als 45 sind, haben das Bild noch im Kopf. In der Tat sah sie darin umwerfend aus", sprach Don Miguel vor sich hin. João drehte leicht den Kopf und besah den modischen Anzug, Hemd und Krawatte von Don Miguel. *Woher sie das wohl hat?*

„Wir sind in zwei Minuten am Time Out Market. Ich hole sie am Parkplatz vor dem Seiteneingang um 15 Uhr wieder ab." – „Besser 14:45 Uhr", entgegnete Don Miguel. Ich muss um 15 Uhr schon am Bahnhof San Apolonia sein. Bis nachher!"

Dana war in die Eingangshalle des *Insolito* eingetreten. Dort begrüßte sie eine der Empfangsmitarbeiterinnen. Nachdem sie ihren Namen genannt hatte, nickte die Dame freundlich und fand die Reservierung auf einer langen Liste von Namen. Nun erst sah die Empfangsdame Dana ins Gesicht und zuckte merklich zusammen. Dana kannte diese Reaktion. Audrey

Hepburn war doch auch vielen jungen Leuten noch bekannt. Anfangs hatte die Reaktion der Menschen Dana irritiert, aber seit einiger Zeit genoss sie die Aufmerksamkeit, die sie dadurch erhielt. Aus diesem Grund hatte sie sich auch das berühmte Kleid aus dem Film *Frühstück bei Tiffany* nähen lassen.

Der Empfang des Restaurants war im Erdgeschoss, aber das eigentliche Restaurant befand sich auf dem Dach, auf das man mit einem historischen Aufzug gebracht wurde. Die Veränderung des Ambientes fühlte sich ein bisschen wie eine Zeitreise in die Vergangenheit an. Die Empfangsdame sah Dana weiter mit großen Augen an. Sie fragte erneut nach ihrem Namen. „Dana Körber." Sie schien ihr nicht zu glauben, stöberte in ihren Reservierungsunterlagen und rief irgendwo an. Dann kam der Restaurantchef angetanzt. Wieder wurde sie behandelt, als ob sie die Königin Portugals wäre, und wieder hatte sie keine Ahnung, wieso es das Leben derart gut mit ihr meinte. Aber sie hinterfragte nichts mehr, zum einen war es ja ihr Geburtstag, an dem Geschenke dazu gehörten, und zum anderen hatte sie inzwischen einfach Hunger und wollte unbedingt etwas essen.

Von ihrem Tisch aus sah sie vier der sieben Hügel Lissabons. Das Essen schmeckte fantastisch und die Bedienung behandelte sie sehr zuvorkommend. Während sie sich selbst darauf hinwies, dass sie sich lieber nicht zu sehr an dieses luxuriöse Leben gewöhnen sollte, kam die nächste Überraschung beim Bezahlen: Der Restaurantchef ließ sie nicht die Rechnung begleichen. Er meinte, es wäre eine Ehre für ihn, dass sie das Restaurant besucht habe, weshalb das Essen aufs Haus ginge. So etwas war ihr noch nie passiert, weshalb sie das *Insolito* etwas verunsichert verließ. *Irgendwie unglaublich, was mir heute alles passiert.* Sie versuchte jedoch, nicht zu viel darüber nachzudenken und die Aufmerksamkeiten zu genießen.

Natürlich, wie konnte es auch an einem solchen Tag anders sein, wartete der Fahrer wieder unten und fuhr Dana zurück ins Hotel. Dort blieb sie bis zum Abend und genoss die geräumige Suite hauptsächlich in der Form, dass Sie aus den großen Fenstern auf die *Praça do Marquês de Pombal* und die *Avenida da Liberdade* sah.

Erfüllt von dem Anblick und verzückt von der Atmosphäre der Stadt, beschloss sie, ein bisschen spazieren zu gehen.

Diesmal hatte sie aber keine Lust auf den ganzen Audrey-Hepburn-Zirkus, weshalb sie sich unbemerkt am Concierge vorbeischlich, um die Stadt auf eigene Faust erkunden zu können. Das klappte problemlos und sie flanierte ausgiebig rund um die *Praça do Marquês de Pombal* und die mondäne *Avenida da Liberdade* entlang.

Auch am nächsten Tag war ihr nicht nach der Sonderbehandlung durch die Angestellten des Edelhotels zumute, weshalb sie sich erneut unbemerkt aus dem Staub machte, um durch die berühmten Viertel *Baixa* und *Chiado* zu spazieren.

Sie war schon immer in Bücher vernarrt und eine richtige Leseratte, vor allem, wenn es um Bücher über Portugal ging oder von portugiesischen Autoren. Sie hatte schon mit dreizehn Jahren die *Lusiaden* gelesen, das Monumentalwerk von *Luís Vaz de Camões*, dem Nationaldichter Portugals, und stand nun voller Ehrfurcht am *Largo de Camões*, einem malerischen Platz, in dessen Mitte auch das prächtige Denkmal mit der Statue des Dichters stand.

Es ist noch viel prächtiger, als ich es mir vorgestellt habe, sinnierte Dana und badete in einem Meer von Glück. In ihrem

Kopf war der genaue Stadtplan von Lissabons Zentrum abgespeichert. Hunderte Bücher, Reiseführer, Bildbände und Zeitungsartikel hatte sie im Laufe ihres jungen Lebens schon gelesen, ja geradezu inhaliert. Sie war zwar das erste Mal in ihrem Leben in ihrer Traumstadt, fühlte sich jedoch so vertraut mit den Örtlichkeiten, als wäre sie hier aufgewachsen.

Unbewusst wandte sie ihre Schritte Richtung *Chiado*-Denkmal. Nur wenige Meter entfernt thronte auf einem Sockel in schalkhafter Pose ein weiterer berühmter Dichter, der ein Zeitgenosse und Freund von *Luís de Camões* gewesen war: Antonio Ribeiro, den man wegen seiner spöttischen und respektlosen Texte den Beinamen Schalk gegeben hatte, was auf Portugiesisch eben *chiado* hieß, wie sie nur zu gut wusste. Nach ihm war das Stadtviertel benannt worden.

Vor dem Denkmal stehend wusste Dana, dass sie sich nur umzudrehen brauchte, um einen weiteren berühmten Schriftsteller Portugals zu sehen. Vor dem Café *A Brasileira* sitzt noch heute der zwar bereits 1935 verstorbene, aber immer noch sehr populäre Fernando Pessoa als Bronzeskulptur. Er wird als ein sehr distinguierter Herr in eleganter Kleidung dargestellt. Dieser berühmte Autor war sicher einer der kuriosesten Dichter Portugals. Er hatte ein sehr unscheinbares Leben geführt. Erst nach seinem Tod wurde bekannt, dass wichtige literarische Werke der Zeit aus seiner Feder stammten, weil er Werke unter vielen verschiedenen Namen veröffentlicht hatte. Er nutzte diese Namen nicht nur als Pseudonyme, sondern erfand jeweils eine ganz neue Persönlichkeit für den Autor. Heteronyme nannte man das, erinnerte sich Dana und bewunderte die ästhetische Darstellung des Künstlers.

Nun war der Platz neben der Skulptur frei geworden und Dana setzte sich, um ein Selfie mit Pessoa zu schießen, als ein beflissener Kellner auf sie zueilte und anbot, das Foto aus einer besseren Position heraus für sie zu machen. Dankbar nahm Dana das Angebot an und freute sich an dem verliebten Blick des Kellners.

„Ich komme später auf einen Kaffee zurück", lachte Dana und bedankte sich bei dem Kellner, der schüchtern den Kopf gesenkt hatte, was sie aber nicht mehr bemerkte. Sie war schon ein paar Schritte die Straße hinuntergelaufen zu dem Geschäft, welches sie in ihrer Vorstellung schon hundert Mal durchschritten hatte, die Buchhandlung Bertrand, die weltweit am längsten durchgängig betriebene Buchhandlung der Welt.

Schon im Schaufenster hatte Dana Bücher von Pessoa gesehen und war in freudiger Erwartung in die Buchhandlung eingetreten, blieb aber sofort stehen. Vor ihr zeigte sich ein langer Gang, immer wieder unterbrochen von Türbögen, was einen fast kathedralenhaften Eindruck erzeugte. „Eine Kathedrale der Literatur", murmelte sie ehrfurchtsvoll und atmete die Atmosphäre tief ein. Ein freundliches Perdão riss sie aus ihrem Tagtraum. Sie blockierte noch immer den Eingang und ließ sich nun von der besonderen Ausstrahlung dieses Traditionsgeschäftes in die magischen Räume hineinziehen.

Als sie nach dem fünften Bogen im Café der Livraria Bertrand angekommen war, waren fast zwei Stunden vergangen und sie hatte fünf Bücher im Arm. Darunter ihr Lieblingswerk von dem portugiesischen Literaturnobelpreisträger José Saramago, „Über die Liebe und das Meer". Sie war im siebten Himmel und sehr hungrig. Da sie bisher von ihrem Budget für Restaurantbesuche kaum etwas ausgegeben hatte, überlegte sie, spontan in ein weiteres schickes Restaurant einzukehren, das Sterne-Restaurant *Alma*, das vielleicht beste Restaurant der Stadt, welches sich genau neben der Livraria Bertrand befand.

Nach einem kurzen Ausflug in das Vorzimmer des Restaurants, in dem der Empfangschef neben der Menükarte stand, wurde ihr schnell klar, dass dieser Laden ihr Budget überschritt. Aber als sie im Begriff war zu gehen, hielt sie der Empfangschef auf, fragte erst auf Portugiesisch und dann auf Englisch, ob sie eine Reservierung hätte. Er kam ihr ein bisschen komisch vor, weil er nervös zu sein schien und bei ihrem Anblick etwas stammelte. Sie sagte Nein, woraufhin er meinte, dass das kein Problem sei, denn für Ehrengäste gäbe es natürlich immer einen freien Tisch.

Langsam nervte es sie, dass sie nicht wusste, weshalb sie alle bevorzugt behandelten, aber es dämmerte ihr, dass sie mit irgendjemand anders verwechselt werden musste. Sie konnte nicht glauben, dass ihre Ähnlichkeit mit Audrey Hepburn heute noch so eine Wirkung haben konnte. Dennoch nahm sie das Angebot an und folgte ihm. Am Tisch sitzend fühlte sie sich plötzlich sehr unwohl. *Ich sollte nicht hier sein. Ich bin nicht richtig gekleidet, ich passe nicht hierhin. Mein Budget reicht nicht aus ...* Tausend Gedanken stürzten über ihr herein. Den Kellnern schien dies nicht aufzufallen. Die gesamte Belegschaft des *Alma* versuchte ihr den Aufenthalt möglichst angenehm zu gestalten und das Essen schmeckte grandios. Als sie nach der Rechnung fragte, wurde sie schon wieder vom Restaurant eingeladen. Sie wollte wissen, was dahintersteckte, traute sich aber nicht zu fragen.

Sie beschloss, den Rückweg zum Hotel zu Fuß zu gehen, dann konnte sie über ihre Erlebnisse nachdenken. Zudem schien die Sonne und da ist Lissabon besonders anmutig. Am *Rossio* setzte sie sich auf eine der Bänke, genoss die Weite und Anmut des Platzes, an dessen nördlichem Ende das prachtvolle Nationaltheater stand, und beobachtete die Menschen. Hier schenkte ihr niemand besondere Beachtung. Die intensiven Blicke junger Männer war sie gewohnt, aber sonst starrte sie niemand über Gebühr an. Die Sonderbehandlung im Hotel und in den Restaurants konnten also nichts mit ihrem Aussehen und der Ähnlichkeit mit einer längst verstorbenen Schauspielerin zu tun haben. *Irgendwie kommt es mir so vor, als ob Lissabon mir ein besonderes*

Willkommen bereiten wolle, weil ich schon so viele Jahre von meinem Besuch hier träume, dachte Dana bei sich. Sie erinnerte sich an eine Stelle in Paolo Coelhos Buch *Der Alchimist*, wo der junge Hirte das Glück, das ihm widerfährt nicht glauben kann, und ihm gesagt wird, dass man Geschenke des Universum nicht hinterfrage, sondern freudig annehme.

So will ich es halten, beschloss Dana und mehr hüpfend als laufend wandte sie sich in Richtung der *Praça dos Restauradores*, um die *Avenida da Liberdade* hinauf zu bummeln, die sie viel schöner fand als die Pariser *Champs-Élysées*, die sie mit der Schule vor zwei Jahren besucht hatte. Tief im Innern spürte sie, dass Lissabon ihre Stadt war, und der Gedanke vielleicht sogar dauerhaft hier zu leben, formte sich in ihrem Kopf.

Sie war am Hotel angekommen und wollte unbemerkt an der Rezeption vorbei zu ihrer Suite gelangen, doch der aufmerksame Guest Relation Manager hatte sie gesehen und eilte ihr entgegen. „Frau Körber, schön Sie zu sehen. Ich hoffe, Sie genießen den Aufenthalt in unserem Haus und in dieser faszinierenden Stadt." Er hatte seinen rechten Arm weit ausgestreckt und hielt ihr seine Hand hin, die sie ergriff und einen festen Händedruck erhielt. *Der weiß, wie man den Händedruck dimensionieren muss*, ging es Dana durch den Kopf. Ein angenehm fester, nicht zu starker, aber auch kein zu schlaffer Druck mit einer warmen Hand. *Perfekt wie alles in diesem luxuriösen Hotel*, dachte Dana.

„Ich habe hier Ihren Gutschein für das Abendessen in unserem Restaurant *Varanda*. Er ist auf zwei Personen ausgestellt, falls Sie Begleitung haben werden." Dana kam es so vor, als wären die Worte als Frage formuliert worden, ging aber nicht darauf ein, sondern nahm den Gutschein einfach an. Sie hatte schon beschlossen, an ihrem letzten Abend im Ritz die wunderbare Atmosphäre des Hotels und die Annehmlichkeiten ihrer Suite zu nutzen, sodass sie gerne auch dessen vorzügliches Restaurant besuchen wollte.

„Herzlichen Dank für diesen Gutschein, gerne besuche ich das Restaurant heute Abend, wenngleich ich nur eine Kleinigkeit essen werde. Mein Mittagessen im *Alma* war doch sehr ausgiebig. Und ich werde allein sein. Noch kenne ich niemanden in dieser Stadt, der mich zum Abendessen begleiten würde", teilte ihm Dana lächelnd mit.

Der Guest Relation Manager zuckte unmerklich zusammen. *Sie war im Alma, dem Lieblingslokal von Don Miguel. Das war sicher kein Zufall.* Er speicherte die Information ab, um sie später mit dem Direktor und mit seinem Cousin zu teilen.

„Morgen heißt es schon wieder Abschied nehmen, wie schnell die Zeit vergangen ist", hörte er Dana nun sagen. Er sah ihr ins Gesicht und musste sich eingestehen, dass er selten eine solch hübsche junge Dame mit einer solchen Ausstrahlung kennengelernt hatte. *Sie muss seine Tochter sein. Don Miguel hat das gleiche einnehmende Wesen und eine große Aura.*

„Morgen ziehe ich ins Hotel *Valverde* um. Das ist ja nicht weit von hier. Selbst mit den beiden Koffern kann ich die Distanz zu Fuß überbrücken, oder was meinen Sie?" Dana sah den Guest Relation Manager fragend an?

Der zuckte, von Dana unbemerkt, noch einmal zusammen. *Sie wechselt in das Hotel Valverde. Das ist der letzte Beweis dafür, dass sie seine Tochter ist. Don Miguel bewohnt dort dauerhaft eine Suite. Das muss ich dem Direktor erzählen.*

„Wenn Sie uns mitteilen möchten, zu welcher Zeit Sie auschecken wollen, wird es unserem Pagen ein Vergnügen sein, Ihre beiden Koffer zum Valverde zu bringen."

Dana wollte eigentlich abwehren, aber da sie sich für den kommenden Vormittag einen Besuch in der berühmten Kirche São Roque vorgenommen hatte und dann im *Chiado* zu Mittag essen wollte, kam ihr das Angebot sehr gelegen. Im *Valverde* konnte man nämlich auch erst am Nachmittag einchecken.

„Das ist ein sehr verlockendes Angebot", erwiderte sie also. „Ich werde das Hotel schon gegen 10 verlassen und bringe meine Koffer mit zur Rezeption. Dann können sie dort aufbewahrt werden, bis der Page Gelegenheit hat, sie ins *Valverde* zu bringen", bot sie an. Mit einer leichten Handbewegung wehrte der Manager ab. „Lassen Sie die Koffer ruhig in Ihrer Suite. Der Page wird sie dort abholen. Das Auschecken übernehme ich dann für Sie. Sie müssen nicht an der Rezeption vorstellig werden."

Dana war zunächst ein wenig verblüfft, dann fiel ihr aber ein, dass ein solch edles Hotel seinen Gästen natürlich keine wertvolle Zeit stehlen, sondern die lästigen Verrichtungen bei der Abreise reduzieren wollte. *Das ist wahrer Luxus*, dachte sie, erwiderte jedoch: „Das ist sehr zuvorkommend, aber ich muss ja vielleicht noch Dinge bezahlen, die ich aus der Minibar entnommen habe."

Der Manager lächelte wissend: „Zunächst einmal haben Sie bislang noch nichts entnommen und falls Sie das noch tun, steht Ihnen der gesamte Inhalt der Minibar kostenlos zur Verfügung. Das ist ein Service des Hauses." Sie hatte es sich wegen der Kosten tatsächlich verkniffen, eine Flasche Wasser aus der Minibar zu nehmen, und war nun wieder ein wenig verlegen, ob dieser großzügigen Geste. „Oh, vielen Dank", entgegnete sie, „mehr als ein Mineralwasser wird es aber trotzdem nicht werden."

„Ich darf den Tisch im *Varanda* für Sie reservieren?" Das klang mehr wie eine Feststellung als eine Frage, weshalb Dana ein wenig süffisant erwiderte: „Ja, sehr gerne, aber nur für eine Person. Besten Dank dafür." Mit einem eleganten Kopfnicken bestätigte der Guest Relation Manager dies und sie wandte sich dem Aufzug zu.

Dana lag in dem bequemen Boxspringbett ihrer Suite und dachte an den Abend, der hinter ihr lag, zurück. Das Abendessen in dem mondänen Restaurant *Varanda* war selbstverständlich vorzüglich gewesen. Sie hatte die besondere Atmosphäre und das großartige Essen genossen und entgegen ihrer sonstigen Gewohnheit sogar mehr als ein Glas Wein getrunken. Der Guest Relation Manager, hatte es sich nicht nehmen lassen, persönlich an ihrem Tisch vorbeizukommen, um nachzufragen, ob auch alles in Ordnung sei. Dana hatte diese Aufmerksamkeit genossen und sie hatten ein paar Nettigkeiten ausgetauscht.

Ihr war noch eine Sache in Erinnerung gekommen, die sie sich, vielleicht auch wegen des zweiten Glases Wein, zu fragen gewagt hatte: „Als der Fahrer auf dem Weg vom Flughafen zum Hotel telefonierte, hat er zweimal die Zahl 1850 genannt. Können Sie mir sagen, was diese Zahl bedeutet?" Da war der Manager tatsächlich etwas verlegen geworden und hatte zunächst abwiegeln wollen, aber sie war hartnäckig geblieben und so hatte er letztlich eingestanden, dass es sich um einen Code handelte. „Das ist das Geburtsjahr von César Ritz. Diese Zahl steht bei uns intern für einen besonders wichtigen, prominenten oder exponierten Kunden."

„Und aufgrund welches Umstandes habe ich diese Klassifizierung verdient?", hatte sie nachgehakt. Dem

Manager war die Frage zwar sichtlich unangenehm gewesen, aber wie immer hatte er professionell geantwortet: „Vielleicht hat der Fahrer sie für die Inkarnation von Audrey Hepburn gehalten", hatte er geschmunzelt und sich ungewohnt hastig verabschiedet. Es war ihr etwas seltsam vorgekommen, aber sie hatte dann nicht mehr darüber nachgrübeln wollen, sondern lieber das vorzügliche Dessert verspeist. Besser hätte ihr Aufenthalt in Lissabon gar nicht beginnen können. Mit diesen schönen Erinnerungen schlief sie ein.

Nach dem vorzüglichen Frühstück am nächsten Morgen hatte sie ihre Koffer gepackt und in der Suite genau hinter der Eingangstür bereitgestellt. Es erschien ihr etwas unwirklich, das Hotel zu verlassen, ohne auschecken zu müssen. Als sie das Foyer durchschritt, war wie zufällig der Direktor aufgetaucht und hatte sich nochmals in aller Form für ihren Aufenthalt im Hotel bedankt und Dana auf das Herzlichste verabschiedet. Das hatte sie sehr berührt. Mit dem Gedanken an diese Freundlichkeit hatte sie sich aufgemacht, um zur *Igreja de São Roque* im Viertel *Bairro Alto* zu gelangen.

Die *Igreja de São Roque*, wusste Dana, war eine der prunkvollsten Kirchen Portugals. Da sie das Erdbeben von

1755 unbeschadet überstanden hatte, war sie auch eine der geschichtsträchtigsten Kirchen des Landes. Sie war mit einer bemerkenswerten Decke ausgestattet, die über das ganze Schiff mit einem riesigen Gemälde geschmückt war, und bestach vor allem durch die reichhaltig ausgestatteten Seitenkapellen und Altäre. Dana hatte viel über diese außergewöhnliche Kirche gelesen. Vor Ort ihren Reichtum an Ornamentik und Gestaltung wahrzunehmen war ein ganz besonderer Moment für sie.

Als sie das erste Mal auf ihre Uhr sah, waren zweieinhalb Stunden vergangen, seitdem sie diesen mystischen Ort betreten hatte. Und noch immer war viel zu entdecken. Dana beschloss, die Besichtigung am Nachmittag fortzusetzen, denn sie hatte für 13 Uhr einen Tisch im nahe gelegenen Restaurant *Pharmacia* reserviert.

Auch dort schlug ihr erneut die gleiche Begeisterung entgegen, die sie schon während ihrer ersten Restaurantbesuche erfahren hatte. Die Rezeptionistin bekam große Augen, als sie Dana sah, und sie wurde zu einem besonders schönen Tisch geführt, nur dieses Mal mit dem Unterschied, dass an diesem Tisch schon jemand saß. Dana traute ihren Augen nicht. Der Mann, der dort saß, sah ihr derart ähnlich, dass er ihr Vater hätte sein können. Sie erstarrte und wollte sich auf keinen Fall zu diesem Mann setzen. Auch der Mann am Tisch schien wie vom Blitz getroffen zu sein.

Dem Oberkellner begann zu dämmern, dass er wohl einen Fehler gemacht hatte, denn die beiden Personen schienen sich überhaupt nicht zu kennen. Er hatte angenommen, dass die Tochter von Don Miguel mit ihrem Vater zu Mittag essen wollte. Er hatte sich wegen der Ähnlichkeit der beiden überhaupt keine Gedanken darüber gemacht, dass er ihn vorher noch nie mit einer Tochter gesehen hatte. Nun fiel es ihm wie Schuppen von den Augen.

Don Miguel fand als erster seine Contenance wieder. „Darf ich mich vorstellen? Ich bin Miguel Cavalho. Ich habe sie vor zwei Tagen im Eingang des *Insolito* gesehen, stimmt's?", fragte er aufmunternd. Dana nickte wie in Trance. Sie erinnerte sich an den elegant gekleideten Mann.

„Setzen Sie sich doch. Nachdem das Schicksal uns zusammengeführt hat, lade ich Sie herzlich ein, mit mir das vorzügliche Essen zu genießen, und sie erzählen mir vielleicht, warum sie genauso aussehen wie ich", schmunzelte er. Dana setzte sich etwas widerwillig. Das war doch zu viel für den Moment. Senhor Cavalho hatte aber bereits begonnen sie in so beruhigender und vertrauensvoller Weise anzusprechen, dass alle ihre Vorbehalte in sich zusammenfielen und sie zu sprechen und ihr Leben zu erzählen begann. Er hörte ihr aufmerksam zu und als sie das Wenige, was sie über ihre Mutter wusste, erzählt hatte, stellte sie fest, dass der so weltgewandt wirkende Mann Tränen in den Augen hatte. Er versuchte zwar, sich diese Gefühlsaufwallung nicht anmerken zu lassen, aber sie sah, wie sehr ihn ihr Bericht bewegte.

Er begann zu erzählen, dass er ihre Mutter vor langer Zeit bei seinem Bruder kennengelernt habe, wo sie als Au-Pair arbeitete. Sie waren damals für kurze Zeit ein Paar gewesen. Da ihre Mutter aber wieder nach Deutschland zurückgekehrt sei, ohne ihm von ihrer Schwangerschaft zu erzählen, habe er nicht erfahren, dass er eine Tochter habe. Seine Vaterschaft zweifelte er keinen Augenblick an.

Dana erfuhr nun endlich, wer ihr Vater war. Da ihre Mutter so unerwartet früh gestorben war, hatte sie ihr nicht von ihm erzählen können. Er war jetzt ein vermögender Event-Unternehmer, der häufig in den besten Hotels Lissabons Veranstaltungen durchführte und Geschäftsessen in den feinsten Restaurants der Stadt veranstaltete. Dort war sie überall als seine Tochter angesehen worden, aber niemand wollte sie darauf ansprechen. Wie erstarrt saß sie da.

Das ist also mein Vater. Warum lerne ich ihn jetzt kennen? Trotz ihrer Verwirrung spürte sie in diesem Moment, dass ihr Aufenthalt in Lissabon ihr ganzes Leben verändern und sie die Stadt von einer völlig unerwarteten Seite kennenlernen würde.

www.michaeljohannes.com

www.zauber-von-lissabon.de

www.zauber-von-mallorca.de

Im Frühjahr 2020 erscheint „Der Zauber von Mallorca". Ein Reisehandbuch voller Gefühle für Palma und die ganze Insel

Zu Ostern 2020 erscheint „Bezaubert von Lissabon"
mit den Erlebnissen und Entdeckungen von Dana Körber in ihrer neuen Heimat

Danke liebe Doro, für Deine Zuwendung zu dem Text, zu den Anregungen Inspirationen.

Danke Frau Haupt für das professionelle Lektorat.

Danke liebe Kunden für viele Anregungen, Ideen und Hinweise.

Danke liebe Einwohner von Lissabon für die freundliche Aufnahme und das gute Miteinander

FSC
www.fsc.org
MIX
Papier | Fördert
gute Waldnutzung
FSC® C083411

Zeitfracht Medien GmbH
Ferdinand-Jühlke-Straße 7
99095 Erfurt, Deutschland
produktsicherheit@kolibri360.de